Black Water   Joyce Carol Oates

黑 水

〔美〕乔伊斯·卡罗尔·欧茨 著　刘玉红 译

人民文学出版社
PEOPLE'S LITERATURE PUBLISHING HOUSE

著作权合同登记号　图字 01-2018-1554

Joyce Carol Oates
BLACK WATER

Copyright © The Ontario Review, Inc., 1992
Published by arrangement with Author c/o John Hawkins & Associates, Inc.
through Bardon-Chinese Media Agency.
Simplified Chinese translation copyright © 2018
by Shanghai 99 Culture Consulting Co., Ltd.
All rights reserved.

图书在版编目(CIP)数据

黑水/(美)乔伊斯·卡罗尔·欧茨著;刘玉红译.
—北京:人民文学出版社,2018
(中经典精选)
ISBN 978-7-02-014027-5

Ⅰ.①黑… Ⅱ.①乔… ②刘… Ⅲ.①中篇小说-美国-现代 Ⅳ.①I712.45

中国版本图书馆 CIP 数据核字(2018)第 062248 号

总 策 划　黄育海
责任编辑　甘　慧　欧雪勤
封面设计　汪佳诗

出版发行　**人民文学出版社**
社　　址　北京市朝内大街 166 号
邮政编码　100705
网　　址　http://www.rw-cn.com

印　　制　上海盛通时代印刷有限公司
经　　销　全国新华书店等

开　　本　890 毫米×1240 毫米　1/32
印　　张　3.875
字　　数　66 千字
版　　次　2018 年 6 月北京第 1 版
印　　次　2018 年 6 月第 1 次印刷

书　　号　978-7-02-014027-5
定　　价　35.00 元

如有印装质量问题,请与本社图书销售中心调换。电话:010-65233595

Novella

第一部分

1

租来的丰田车,参议员开着,他精力充沛,极不耐烦。车子奔驰在一条没有铺沥青、没有名字的路上,急转弯,像滑冰一样,令人头晕目眩,然后,没有任何警告,车子冲离路面,滚入黑色的急流中,朝乘客这一边侧翻,迅速下沉。

难道我要死了吗?——就这样死去?

2

现在是七月四日晚上,格雷令岛上其他地方有不少派对,尤其是北边海岸一带,通向海滩窄窄的沙路上停着一排排车子。时辰到了会放烟火,有些阵势豪华、震耳欲聋、色彩亮丽,颇像演绎海湾战争的电视大片。

他们身处岛上一个无人居住的荒凉之地,很可能迷路了。她努力嚅动嘴唇,鼓起勇气,想说出这两个字:迷路。

还有她一直放在手提包里的安全套,有多久了。原来在小山羊皮包里,现在是这个漂亮的夏季包,罗兰爱思牌,花卉图案。实际上,在那个更早用过的包里,她就带着它了,同一个安全套。那是个潇洒的草制大背包,红色皮穗,用得太久,最后散架了。安全套包得整整齐齐,裹得严严实实,质朴的药味儿,几乎不占什么空间。这么久了,她连一次也没碰过它,准备着打开它,准备着向某个人暗示用它,或者考虑用它,不管这个人是朋友、同行抑或半生不熟的人。你已经做好了有备无患,最终却说不出口,找不到合适的表达。

眼下他们在缅因州格雷令岛的某片沼泽地。格雷令岛从布思贝港往西北方向要坐二十分钟的渡船。他们一直谈得很投机,一起开心地笑,像老朋友,像最随意的老朋友。参议员一手开车,一手拿着塑料杯,凯莉一直小心地稳住他的手,不让剩下的加了奎宁水的伏特加酒从杯里洒出来。突然,就像电影出现短暂的停顿,图像一下飞出视线,突然,她永远也理解不了有多么突然,道路从飞奔的车子底下飞出去,然后,他们在黑水里挣扎逃生,水浪扑打挡风玻璃,试图涌进车里,噩梦一般的沼泽地仿佛突然活了过来,从四面八方涌上来,要吞没他们。

难道我要死了吗?——就这样死去?

3

芭菲挺难过的,或者看上去如此。芭菲惯于表现情绪,你永远搞不清楚。她对凯莉·凯莱赫说,是的,不过为什么现在就走,不能再待一会儿吗?凯莉·凯莱赫含糊地咕哝两声,有些尴尬,说不出口——因为他想要我跟他走:他坚持这样。

不能说不,因为如果我不听他的,就没有以后了。这你知道的。

4

四面八方都是令人恶心的沼泽地气味,潮湿、腐败的气味,黑色的泥土,黑色的水。大西洋冰凉、清新、刺疼皮肤的气味似乎离这里很远,就像遥远的回忆,被一阵细密的东风带向内陆。这里没有海浪的声音,只有夜虫的鸣叫,只有拂过矮树丛的风声。

凯莉·凯莱赫没有醉,她抓住肩头的安全带,心想你在这里,却不知道这里是哪里,真是滑稽。她笑了。

他们正匆匆赶往布洛克敦码头搭渡船,船将在晚上八点二十分驶向大陆。没人看到租来的丰田车冲进水里——小湾?小溪?小河?这时将近八点十五分。不管是参议员,还是乘客凯莉·凯莱赫,都不知道急转弯处有这么一条河。

前方大约三十英尺处有一座窄木桥,同样模糊不清,木板饱经风雨侵蚀，但没有警示牌，更没有警告桥前面这个危险的转弯。

不是现在，不是这样的。

她才二十六岁零八个月，就这样死去还太年轻。她太过震惊，简直不敢相信，以至于丰田车飞出路面，撞到几乎看不到的水面时，她都没有尖叫出来。在一刹那，车子似乎不会沉下去，而是浮起来，似乎它飞行的弧线能托起自身的重量，令它漂过河面，到达那边的对岸，冲入急流、矮树丛和藤蔓纠缠而成的蛇状黑影中。

你以为这种地方的水不会很深，只是一条水沟而已，你以为路边的护栏应该更结实，你没想到自己会这么快、这么无情、这么无助地掉进这么脏的黑水里，一股下水沟的气味。

不是这样的，不。

她震惊，她不敢相信，参议员大概也是同样的反应。大家在格雷令岛上芭菲·圣约翰的父母家那里度过七月四日，个个兴高采烈、无所顾忌、欢声笑语、交谈热烈、兴奋不已，对未来（眼前的未来和遥远的未来——当然，眼前的未来决定遥远的未来）充满期待，正因如此，所以谁也无法理解变化来得如此之快。

在凯莉·凯莱赫的生活中，也曾出过几次事故，同样发生得太快，令她脑中一片混沌。每次她都喊不出声来，每次从她意识到无法控制自己身体的那一刻起，她就无法清楚地理解正在发生的事情，这时她的身体已经不受大脑的指挥。

因为在这种时刻，时间加速，在发生碰撞的一刹那，时间加速到光速。

一片片缺失的记忆像白漆在她的脑海里旋转。

5

当丰田车"砰"地撞到路边护栏上，边纹生了锈的护栏似乎丝毫不能阻挡车子的速度，她听到参议员吃惊地骂了一声——"嗨！"

然后，不知从何处冒出的大水一下漫过他们，漫过车顶，漫过破裂的挡风玻璃，河水似乎活过来了，似乎给激怒了，上下翻涌，车子左摇右晃。

6

她在布朗大学攻读美国学学士学位，以最优异的成绩毕业。凯莉·凯莱赫，洗礼名是伊丽莎白·安·凯莱赫，写了九十页的荣誉生论文，就是关于参议员的。

论文的副标题是"杰斐逊式的理想主义和'新政'的实用主义：危机中的自由主义策略"。

她刻苦努力，研究的资料包括参议员三次竞选议员的活动，他在参议院的种种工作，他在民主党里的影响，以及他有可能被本党提名为总统候选人这一情况。因为用功，她的论文得了A……在本科阶段，凯莉·凯莱赫的专业课通常都是A……她的指导老师手写了一整页的鉴定意见，对她评价很高。

这是五年前的事了，那时她很年轻。

那天下午见到参议员，他那双爱交际的大手热情地握住她那双骨骼纤细的小手，凯莉提醒自己，不提论文的事。

于是她不提，直到过了很长时间。

既然他们的关系发展得那么快，不提也说不过去。

前天晚上，她、芭菲和史黛丝看到新一期《魅力》杂志上天蝎座七月的运势：过于谨慎，不愿向别人袒露自己的冲动和欲望！大胆表露吧，我行我素，只此一次！天蝎座，在经历了一段失望后，你的星座当前非常浪漫——大胆行动吧！三人吃吃发笑。

可怜的天蝎座，太容易受伤，太容易沮丧。

她那阴沉而高傲的神情让父亲阿蒂·凯莱赫十分恼火，她那自我折磨的表情让母亲玛德琳·凯莱赫十分担忧。是的，我爱你们，请让我一个人待着好吗？

可怜的天蝎座，二十六岁零八个月了，还像青少年一样容易起青春痘！羞耻，生气。她薄薄的浅色皮肤实在是太薄，太浅。还有说不清道不明的荨麻疹、皮疹。过敏性反应让她眼睛发炎，是的，还有粉刺，几乎看不见，可像小沙子一样，在前额的发际上弄起一个个小疙瘩……

她的情人爱她时，她漂亮。她漂亮时，她的情人爱她。这是一个简单的命题，一个看上去同义反复的命题，不过难以理解到位。

于是，她努力不去理解它。躁动不安的天蝎座，她要开始新的生活，开始新的冒险，一次无比浪漫的冒险。

7

凯莉·凯莱赫很有技巧地暗示参议员打开车前灯。他们走的似乎是一条荒废的二级公路，步步深入沼泽地。车子飞奔，前灯上下跳动，左摇右晃，参议员不耐烦，低声咕哝着，在坎坷的路上把车开得七拐八弯，全然不在意加了奎宁水的伏特加酒从塑料杯里洒出来，洒在座位上和凯莉·凯莱赫的大腿上，洒在她今年夏天新买的棉织衣服上。参议员是那种猛男司机,他的对手就是这条道路、渐浓的夜色、他和目的地之间的那段路程。他得赶到那个目的地,可时间在飞快消逝,他任性地猛踩油门,车子开到每小时四十英里,又猛踩刹车,转弯,又猛踩油门,轮胎原地打转,以示抗议,然后才在有黏性的沙地上稳住,接着又是刹车,马达"轰轰"作响,像打嗝,像性交,令人头晕。

凯莉不安地想起来,父亲和她母亲发生说不清的意见不合后,有时也会这样开车。这种不合越是说不清楚,凯莉记忆中的失语就越令她不安。

别问,坐直,没事儿,不会有事的。你知道你是某个人的小姑娘,是不是?

他们会到一家汽车旅馆,很晚才吃饭。当然,是送到房间里的,不能冒险去餐厅用餐,不能在旅游高峰期去布思贝港的任何一家餐馆。

她不担心,真到了这种时候,她觉得自己不会被吓着的,不过她时刻警惕着,保持清醒,记住这次历险。

车前灯像醉汉,猛烈地摇晃,照亮那条路,路窄得连一辆车都难以通过。车灯也照亮了一片美景,她盯着道路两边绵延数英里的沼泽水面层层叠叠,在交错缠结的植被中有如一块块闪亮的镜子碎片。

在内陆的黄昏，天空还亮着，地面便升起夜幕，发出苍白光芒的月亮扁平如硬币。西边的天空上，片片云层像是染上了红色；东边的海平面上，天空在不知不觉中渐入黑夜，如一颗熟透的李子斑斑驳驳。

想着，迷路。

想着，一次历险。

冷静地想，哪怕身边这个男人在刹车、加速、刹车、用力刹车、用力加速，弄得她的牙齿"咯咯"作响的声音在脑袋里回荡，她也不害怕，只觉得兴奋——肾上腺素的刺激——就像当天早些时候在海滩上她感到这个男人欲望之强烈时，对自己发誓说，不，我不会的。

哪怕一个念头悄悄溜过她的脑海：是的，为什么不呢？

可怜的天蝎座，精明的天蝎座。

想着这真是一次机缘巧合，七月四日的格雷令岛。其他人也邀请她，她并不特别希望有人邀她去度这个长周末，不过她还是决定接受芭菲的邀请。现在她在这里了，现在她就在这里，紧挨着参议员，疯狂地奔向布洛克敦码头赶渡船，夜幕降临，不知道这里是哪里。

你是一个美国姑娘，有权偶尔让别人知道你的愿望，有权按自己的愿望行事。

就在车子飞出路面前的那一刻,凯莉·凯莱赫皱皱鼻子,闻到了……阴沟的气味?

就在车子飞出路面前的那一刻,凯莉·凯莱赫发现自己紧紧拽住肩膀上的安全带,指关节都发白了。

就在车子飞出路面前的那一刻,凯莉·凯莱赫终于说了一句话:"参议员,我们是不是迷路了?"这话说得尽可能巧妙,嗓门是提高了,但听上去又不像是提高嗓门说的,因为参议员右耳听力不太好。

小时候,有一次一家人在用感恩节晚餐,凯莉对她的伯伯巴伯科克大声说话,虽然他总是要求别人重复说过的话,总是抱怨别人说话是在小声嘟囔,但却不喜欢凯莉提高嗓门跟他说话。他冷冷地瞪了她一眼,说:"小姐,你不必嚷嚷,我又没聋。"

也许她也冒犯了参议员,他没有回答,只是笨拙地抿着塑料杯里的酒,用晒伤的手背擦了擦嘴,眯眼看着前方,好像他和凯莉·凯莱赫不同,他能透过沼泽地上阴沉沉的灌木丛看到海洋,那里距此肯定不过几英里远。

参议员轻笑一下,开口了:"凯莉,这是一条近道,只有一条路,我们不可能走错。"他声音低沉,像喉咙里有痰。

"是的。"凯莉说，答得非常小心，非常巧妙。她舔了舔发焦的嘴唇，也盯着前方，可只看到车子前灯照亮隧道一般的道路，看到阴影中的草木和闪光的昆虫翅膀，其他什么也看不到。"——不过这路真差。"

"因为这是条近道，凯莉，没错儿。"

凯莉！——学校的同性朋友这么叫她，听到这个男人也这么叫她，如此随意，如此亲密，像是他跟我很熟，像是他喜欢我，她的心奇怪地一阵狂跳，脸颊发热。

转眼，车子飞出路面。

8

凯莉：这名字适合你。

是吗？怎么说呢？——她的头发在风中摇曳。

绿色的眼睛？——眼睛是绿色的，是不是？

他那么高，他的出现那么真实，带酒窝的笑容，粗壮的白牙。他假装用力挥手，想去掉凯莉·凯莱赫黑色的太阳镜，好半眯起眼看她的眼睛。凯莉并不反对，她熟练地拿下眼镜，迎着他坦率的检视（他的眼睛是蓝色的，像洗过的玻璃），不过只是一会儿。

他的笑容有些犹豫，但并不明显，似乎在那一刻，他有些怀疑自己，怀疑自己男性的魅力。

他嘟哝道，是的，绿色——漂亮，似乎在道歉，其实这种道歉是对凯莉进一步的赞美。

其实，凯莉·凯莱赫的眼睛与其说是绿色的，不如说是灰色的，她自己觉得像鹅卵石的颜色。没有什么特点，就是离得开、大大的、有吸引力、"正常"而已。不过睫毛的颜色太浅、太脆、太薄。除非她用睫毛膏，要不几乎看不见，可她不喜欢用睫毛膏。

实际上，凯莉·凯莱赫的眼睛曾令她父母非常担忧，非常苦恼，所以她也非常担忧，非常苦恼。后来做了手术，才一切正常。

凯莉从出生起，两只眼睛的肌肉就不均衡，这一毛病（你躲不开这一事实，它就是一个毛病）叫斜视。就凯莉的情况而言，就是左眼的肌肉比右眼的肌肉弱。谁都不知道这个情况，于是在她生命的头两年，这孩子看东西不像一般人那样在头脑里形成一个图像，而是两个图像（由于细节重叠，两个图像变得更为模糊）。两个图像并不协调，会突然重叠，左眼看到的图像还会经常飘浮不定。出于本能，这孩子将注意力集中在相对清晰的右边图像上，这样左眼晃得更厉害，眼珠子里像有条小银鱼跳来跳去。(在她生命的头二十四个月，老凯莱赫夫妇、可怜的老爸老妈阿蒂①和玛德琳夫妇十分焦虑，经常盯着婴儿的眼睛，在她的鼻子前摇晃手指，不断地问问题，努力不表露出担忧、惊慌，有时是不耐烦——特别是可怜的老爸，"不正常"的确让他苦恼。他用笑声来承认这一点，但又不服气：自己的家族一向重视身体健康，重视外貌的健康和魅力，重视正常。)看上去凯莉像是很顽皮，总是固执地盯着你左边身后的某个地方，你又不知道她在看什么，只在她用右边的好眼时，她才会听话地直视你。

一个医生说要锻炼，强化训练。另一个医生说应尽快手术，有时情况会发展，弱视的那只眼睛可能永久萎缩。老妈和罗斯外婆（妈妈的妈妈）选择锻炼，试试锻炼吧。有一个很不错的治疗师，一个姑娘，自己戴着眼镜，对凯莉的情况表示乐观，可过了一周又一周，一月又一月，老爸有时几乎不敢看自己可爱的小女儿，他太爱她，不想伤着她、弄痛她，不想她有任何不舒坦。阿蒂·凯莱赫生气地笑着，抱怨道：讽刺的是——他大张双臂，像电视里脱口秀的主持人那样邀请无数不知名的观

---

① 阿蒂是凯莉父亲业瑟的昵称。

众来分担他的困惑，是的，还有他的憎恶，他的迷茫——讽刺的是，事情发展得这么快！快！快！我的生意就像坐电梯直达顶楼，在经济扩张的二十世纪六十年代，建楼，建筑，投资，不管你怎么说，都在往上走，讽刺的是，我的生意很棒，可我的家庭生活——我无法控制！

他尽可能表述合理，尽可能不提高嗓门（有时凯莉会听到的），老妈也尽量压低嗓门，不过她的声音发抖，双手发抖。你也许不会注意到这一点，你只看到她的手很美，看到她的戒指：钻石簇，玉石镶嵌在古典风格的黄金镶座中。老爸指出，他只向前看，假设锻炼不起作用，那锻炼看上去确实没起作用，是不是？好吧玛德琳，发挥一下你的想象力，等她上学，其他孩子肯定会取笑她，这你一清二楚，他们会把她看成怪胎什么的，你想不想这样？难道你想这样？于是老妈一下哭起来，不！不！当然不！不！你为什么对我说这种话！

于是，在一个工作日，阿蒂·凯莱赫上午请了假，老凯莱赫夫妇开车带着他们的小姑娘进城。从纽约西切斯特县郊的格旺达海兹村开车到城里要四十分钟，在绿树成荫的东端路上的贝思·伊斯雷尔医院，终于，伊丽莎白·安·凯莱赫那只"坏"眼睛通过手术治好了，恢复得很快，虽然并没有像医生说的那样一点都不疼。从此以后，这孩子，至少外表看起来，那只眼睛，那双眼睛，都正常了。

9

"——参议员，我们迷路了？这条路这么——"

"我说过别担心，凯莉！"——横过来的一瞥，满是血丝的眼睛，紧绷的笑容，眼角绷起皱纹——"我们会到那儿的，我们会按时到的。"

凯莉·凯莱赫还没来得及躲开，酒就从塑料杯里溅出来，溅到她的腿上。

一九八八年的总统选举，民主党有三位候选人领先，参议员是其中之一。出于政治上的谨慎，他退出竞选，让支持自己的会议代表支持他的老朋友，马萨诸塞州州长。

作为回报，杜卡基斯邀请参议员成为他的竞选伙伴，为民主党争取选票，参议员礼貌地拒绝了。

当然，总会有下一次总统选举的，甚至再下一次。参议员不再年轻，当然年纪也不大，比乔治·布什小十一岁。

正处在事业的巅峰——你或许会这么说。

凯莉·凯莱赫想象自己在为参议员竞选总统而工作。首先，她在民主党全国大会上为他的提名而工作。在丰田车跳跃的亲密中，她的感官因为白天的兴奋而变得敏锐。凯莉·凯莱赫很少沉迷于幻想，但她情不自禁沉迷于这一幻想。

前天晚上，凯莉像是预见到了这一冒险之旅，花了不少时间抛光、打磨指甲，平时她极少这样。粉色中调和了珊瑚色和青铜色，色调柔和，雅致大方，和口红相配。

"只有一条路，"参议员笑道，那口气像是在表述一个不言而喻的真理，"——在一座岛上。"

凯莉笑了，但不知道为什么笑。

* * *

尽管两人在飞奔的车里显得很亲密，但他们却是初次相识。尽管他们偷偷一同离开，两人却是不折不扣的陌生人。

所以，凯莉·凯莱赫不知该怎么称呼这位丰田车司机，这种称呼应该很自然、很自觉地冲到嘴边，就像黑色的水呼地漫过扭弯的车前盖，冲刷开裂的挡风玻璃和车顶，一片漆黑突袭而来，仿佛这片沼泽地埋伏好了要袭击他们。

收音机顿时断电，两人都没在听的音乐没了，就像从来没播放过。

他们是那天下午大约两点钟认识的。两人碰巧都去德里路参加海滨别墅的聚会,那是康涅狄格州老莱姆的埃德加·圣约翰夫妇的房子,举行聚会时他们不在别墅那里。聚会女主人是凯莉的朋友芭菲·圣约翰,她在布朗大学的室友——芭菲是凯莉最要好的闺蜜。

芭菲·圣约翰和凯莉·凯莱赫一样二十六岁,也是在波士顿一家杂志社工作,不过芭菲工作的这家杂志《休闲波士顿》和凯莉工作的《公民求真》很不一样。可以说,芭菲是两个姑娘中比较世俗、比较世故、比较"有冒险精神"的。芭菲涂手指甲,也涂脚趾甲,绿蓝紫相间的颜色,很是扎眼。她放在几个钱包里的安全套经常换新的。

有人认为参议员,一个已婚男人,在事故发生时已经和凯莉·凯莱赫成了情人,甚至在那之前就已经认识了,芭菲·圣约翰极力反对这一说法,似乎这是在挑战她自己的忠贞。芭菲发誓他们不认识,雷·安尼克也发誓,参议员和凯莉·凯莱赫在七月四日的聚会上才刚刚认识。

不是情人,不是朋友,真的,只是刚认识,从有关证据看,他们是相互喜欢上了。

其他了解凯莉·凯莱赫的人都会极力坚持说,在那天之前,她和参议员并不认识,如果认识,凯莉早跟我们说了。

凯莉·凯莱赫不是那种虚伪的姑娘,她不会故弄玄虚的。

我们知道她，我们了解她，她根本不是那种人。

所以，他们就是刚认识不久，和陌生人差不多。

你不会那么傻，以这种方式和一个陌生人困在一辆下沉的车子里，被水淹，找死。

他们的工作也不相关，当然有人会说他们的某些政治信仰、开放的激情是相通的。参议员本人、他的下属、他的竞选组织者都没有以任何方式聘用过凯莉·凯莱赫。当然，她大学一毕业便为参议员的一位老熟人工作。在二十世纪六十年代鲍勃·肯尼迪喧闹的竞选活动中，这位熟人是参议员的政治盟友。对民主党来说，六十年代那些日子充满了对权力、目标、权威、希望、青春的怀旧——后来，越南战况恶化，在国内，你没想到事情变得更糟。

鲍勃·肯尼迪一九六八年六月遇刺时，凯莉·凯莱赫还不到四岁。实际上，她对这一悲剧事件毫无记忆。总之，她的老板卡尔·斯贝德有句名言：你从政，你是个乐观主义者。

你不再是个乐观主义者，你不再从政。

你不再是个乐观主义者，你死了。

实际上，车刚开出不久，从颠簸的德里路转入邮政路（一条两车道柏油路，这是岛上少有的铺好的路）前，他们曾短暂地听过一下收音机，突然，在凯莉的右边，出现一块被风雨侵蚀得很厉害的路标，上面有六个地名，凯莉没来得及看清楚，参议员也是，不过他俩依稀记得上面写有——

  布洛克敦码头　　3.5英里

  ——这时参议员正兴致勃勃、快乐地吹着口哨，哨声从完美的、大大的白牙中间蹦出。他愉快而感伤地叹了口气，说："天！这真是让人怀旧啊！"——后排座位的扬声器里传出收音机里的歌声，单调哀伤，含混压抑，听上去歌手像患了腺样增殖症。凯莉·凯莱赫对这首歌不熟，参议员一发动车子，就把空调调到最大挡，"呼呼"作响，盖过了歌声。

  参议员捅了捅凯莉的胳膊："别以为你懂这首歌，呃？"这与其说是责备，倒更像是挑逗。

  凯莉听着歌，希望能把狂吹的空调风调低一点，可她迟疑了，这毕竟是参议员的车，她只是乘客。阿蒂·凯莱赫开车时就不喜欢别人乱动他的仪表板。

  凯莉·凯莱赫小心地说："是的，我知道，只是不记得叫什么了。"

  "披头士的老歌——《孤独的人们》。"

"哦,"凯莉高兴地点头,说,"——是的。"

只是这个版本没有歌词,是新时代音乐,音响合成器,回声室,这种音乐听上去像是在慢慢挤牙膏。

"不过我想你不喜欢披头士,呃?"参议员说,还是那种挑逗的语气,"——太年轻。"这不像是询问,倒像是发表声明。凯莉已经发现,参议员有个习惯,听上去像是询问,实质是发表声明。而现在新的话题自动出现,他的心思已经跳开了,"我们拐弯!"用力刹车,猛打方向盘,没时间打灯,紧跟后面的一辆车的司机气愤地按响喇叭,可参议员充耳不闻,不是傲慢,不是自大,就是没听见。

这条满是车辙印的沙路通向沼泽地,当地人管它叫老码头路,其实已经没有路标指向码头了,好多年都没有了。

严格说来,发生事故时,参议员并没有迷路,他是朝着正确的方向驶向布洛克敦码头的,只是他不知道,自从有了一条路面铺好的新的码头路之后,他走的那条路已经废弃,拐进新路的地方离拐进老路的地方不过四分之三英里远。

当时他已经喝完了自己那杯酒,凯莉·凯莱赫给了他另一杯,她一直帮他拿着的那杯,在路上喝的。

他们刚认识，事实上并不认识，然而，关系发展得很快！

你知道这种感觉，有如淋浴在突然相知的光芒中，他的眼睛，你的眼睛，毫不费力，就像滑入温暖的水中，一个完美无缺的女人慵懒地躺在床上，波浪般的红色长发在她身边诱人地起伏，完美的皮肤，令人心跳的肤色，可爱的嘴是红色的，质地是某种华丽的金银锦缎的睡袍紧贴着乳房、肚子和阴部，柔光发亮的衣服勾勒出秘处的形状。情人站得笔直，姿态赫然，朝下盯着她，他英俊的脸肤色黝黑，看得不太清楚，女人朝上望着他，不需要用微笑来暗示他，她自己就是暗示，金银锦缎下一丝不挂，清晰地、轻轻地朝他抬起纤细的赤裸的臀部，真是这种暗示，真是梦想中的暗示，否则这种动作便显得粗俗不堪。亮晶晶的瓶子里的香水是"鸦片"牌，香水是鸦片，鸦片是香水，香水是鸦片，因为它能让你发疯，能让他发疯，能让你上瘾，这些商店里有卖……

* * *

他们穿过沙丘远足，风吹拂着凯莉的头发，海鸥白色的翅膀在他们头上闪光，海浪的"啪啪"声有如胯间的悸动，他的手指抓住她裸露的肩膀，那么自信，她的反应那么羞怯而急迫，心想,这不可能!她当时在想,有事情发生,这无可抗拒。

10

……红色小针晃动,超过每小时四十英里的标识,丰田车撞上沙路上的车辙,开始打滑,像是一声猛的叹息。参议员猛踩刹车,低吼一声,车子还在打滑,像是动力更足、目的更明确,像是刹车激起车子的执意抗拒,至此它都是百依百顺的,这样的玩物,一次疯狂的过山车之旅,你的肚子深处都会颤抖起来,然后,这是怎么发生的,车子离开道路,侧身打滑,右后轮向前,左前轮向后,护栏从阴影中飞起,马上裂成碎片,七英尺长的扫帚头灯芯草拍打车窗,责备它,"咔嚓"!"咔嚓"!蛛网般的裂缝!玻璃裂开了,像地震一样,车子猛烈摇晃,然后就在水里了,你以为这是一条浅溪,一条水渠,你没想到车子会沉下去,沉下去,而不是漂浮着,黑色的水卷起泡沫,在扭曲的前车盖上、在挡风玻璃上滚涌,车顶向乘客一侧弯曲得厉害,卡死,就像沙滩上一个小伙子捏扁一个米勒公司的淡啤酒罐一样,不过她还是没有足够的空气来发出叫喊,连怎么称呼他都不知道,那种脱口而出的称呼。

11

七月四日那天下午早些时候,凯莉·凯莱赫第一次遇见参议员,是芭菲的情人雷·安尼克介绍的,雷是参议员的律师兼朋友,两人一起在安杜佛上的学。凯莉很谨慎,沉默寡言,内心充满疑虑,看着这位名人像平常一样和人握手,热情洋溢,兴高采烈,像是气喘吁吁地跑了上千里路,专门来跟你握手,只为你,为你。她站得稍开,心想,他是他们中的一员,永远在竞选。

在后来的时间里,凯利对参议员的看法有了一百八十度的改变。

不能说凯莉·凯莱赫在这六个小时里就爱上了参议员,也不能说参议员爱上了她,因为这种事情是私密的,无法得知。两人可能会有怎样的未来(与那天晚上的事故所带来的影响截然不同的),人们也永远无法知晓。

除了:凯莉无疑改变了她对参议员的看法。

想想你那么容易犯错,想想事实证明你是错的,那你受到的震动该有多大,你的灵魂该得到怎样的洗礼(在芭菲家专门为她留出的客房里,对着浴室的镜子笑,如果那天晚上她没有仓促决定陪参议员返回陆地,那么这间客房还会是她的)。

即便这仅仅是一个内心的、私密的证据。

即便你如此不经意误判的那个人永远不知道。

"凯莉是吗?——卡莉?凯莉。"

听到参议员叫出她的名字,凯莉的心像小姑娘一样狂跳起来,这有些荒唐,是吧?因为凯莉·凯莱赫是一个成熟的姑娘,有很多情人。

反正有几个。

至少,从布朗大学毕业后,至少有一个真正意义上的情人——是谁,她从未说起过。

(凯莉的朋友芭菲、简、史黛丝问她,你干吗不愿谈G先生?她们不是好打听,而是替凯莉担心,把她的沉默误读为伤心,把她看透男人错认是意志消沉或失去勇气;有时她生气地拒绝在录音电话里回答她们的问题,一个人待着,她们就误认为她有自杀倾向,只是这一点,她们只敢相互提起,从来不和凯莉谈及。)

可参议员的出现是如此真实!他从租来的黑色丰田车里钻出来,像小孩一样行动灵便、精力充沛,微笑着问候他们所有人,低语声像野火一样在他们中间扩散,是他——天啊,真的是他？青春般的热情如光环一样笼罩着他。

雷·安尼克邀请参议员到格雷令岛，芭菲将此事谨慎地告诉客人们，说，我真的不指望他会来，他肯定不会来的。

这个男人比他在电视里显得更有活力，更有魄力，用俗一点的话说，魅力超凡。首先，他是个大个子，六英尺四英寸高，体重大概有两百一十五磅。他五十多岁，举止文雅，体形发胖，但看得出从前是运动员，即便脚后跟承受着全身的重量，步伐依然灵便（脚上穿着舒适的浅褐色绉纱平底帆布鞋，宾恩牌）。他神情镇静，透露出可有可无的期待，宽阔的脸英俊而沧桑，双眼蓝得透明，鼻子透出静脉但仍是挺直，下巴和颚部线条简洁优雅，是熟悉的样子。

他扯了扯领带，松了松白棉长袖衬衫的领口——"看样子我还没来，聚会就开始了，呃？"

他原来是这么热情，这么友好，根本没有屈尊俯就的感觉，凯莉·凯莱赫开始构建关于自己在格雷令岛度过难忘的七月四日聚会的陈述——他和我们所有人说话，好像我们不仅仅是和他平起平坐，而更像是老朋友。

他也吻了她，不过那是后来的事了。

12

凯莉·凯莱赫不是傻子,她了解政治,而这不仅仅因为她在布朗大学研究美国历史和政治。

她的父亲亚瑟·凯莱赫从读书时起就是共和党国会议员汉姆林·亨特的好朋友,两人还是多年的高尔夫球友。凯莱赫先生即便在生意不景气(前几年股票市场崩溃,他的生意不是特别好)的时候,也还为"汉姆"①·亨特的竞选捐款,帮助他在格旺达海兹乡村俱乐部主办了很多餐会来筹集资金,他像个小孩子一样为自己能参加共和党在当地和全国的各种活动而备感自豪。凯莉自打上小学起就知道这位国会议员,最近他成了国内颇具争议的"多色"人物,常出现在电视脱口秀节目里,也常在新闻节目里接受采访,以标新立异的保守派的姿态抨击自由主义的所有观点,除了堕胎……关于堕胎,汉姆·亨特宣称自己"主张人工流产为合法"。

(私下里,亨特真的相信,要拯救美国的未来,得靠堕胎,在适当的地理区域里实行堕胎,对黑人、西班牙裔、年纪轻轻

---

① 汉姆(Ham)是汉姆林的昵称,也是英文中火腿的意思,所以此处用了引号。

就怀孕靠福利救济过日子的母亲，得采取行动，肯定要采取行动，答案就是堕胎，趁还来得及，最好由占据人口大多数的白人来保证人口质量——"我知道自己在说什么，我去过加尔各答、墨西哥城，我见识过南非的城镇。")

有一次，凯莉冲着父亲尖叫："你怎么会给这种人投票！——一个法西斯！——纳粹！——老天，他竟相信种族灭绝！"凯莱赫先生一脸吃惊，瞪着她，像是被她扇了一耳光。

"妈，他怎么会这样？——你怎么会这样？"另一次，她稍为平静些，这样问她妈妈。凯莱赫太太带着一丝骄傲看着愤怒的年轻女儿，拉着她的手，平静地说："凯莉，亲爱的，请问：你怎么知道我投谁的票啊？"

在最近的总统竞选中，凯莉志愿为杜卡基斯州长注定失败的竞选工作。她不知道这次竞选会失败，直到最后几个星期，每次她看到或听到乔治·布什说话，就觉得谁要是看到或听到他说话，肯定不会投票给他，他的虚伪太明显了！太腐败了！太愚钝了！太无知了！太邪恶了！他利用白人对黑人的恐惧心理，他和中情局的关系！他骗人的虔诚！他浅薄的灵魂！——所以，直到最后一个星期，也许是直到最后几天，虽然全国的投票表明民主党的竞选失败了，虽然杜卡基斯州长目光呆滞，神情不服，面带懊悔，她在（剑桥）竞选总部的同事们仍无法理解这一点。

"凯莉,我的天!——你怎么搞的!把时间和精力浪费在那个混蛋身上!"阿蒂·凯莱赫在电话里吼道。

投票结果出来,一面倒的胜利成了事实,无法想象就这么成了历史,就像如此多的无法想象就这样成了历史,于是也就可以想象了。那个时候的凯莉不吃饭,一连几天不睡觉,她深感绝望,失魂落魄,在街上乱逛,最后跑到波士顿公园,头发凌乱,一脸茫然,看到的不是人,而是些奇形怪状的东西,动物,肉多的,站立的,穿衣的……露出一丝朦胧的微笑,既饥饿又恶心,最后她崩溃了,大哭起来,逃跑了,打电话给母亲,恳求她:请来接我吧,我不知道这是哪里。

13

她就是那个姑娘,是他选中的那个人,她就是那个命中注定的人,是租来的丰田车的乘客。

丰田车朝乘客一边倾斜,沉入黑暗的旋涡中,黑色的水在她身边回旋翻滚,汩汩上升,溅进她的眼睛。她试图抓住某样东西,它却像拥抱一样紧紧把她困住。现在她想叫出声来,吸气叫喊,却只能咳嗽,吐水。

她的洗礼名是"伊丽莎白·安·凯莱赫"。在《公民求真：公民求真基金会半月刊》的刊头上，她的名字是"伊丽莎白·安·凯莱赫"。

她的朋友叫她"凯莉"。

他们很快便亲近起来，你知道有时候这种事情是怎么发生的，出乎意料。

他握着她的手，高兴地笑着，看得出来，他不自觉地捏得太紧，男人有时会这样，他们想看到想感到你眼里透出的吃惊和疼痛，你瞳孔的收缩。

就像G先生有时做爱时会把她弄疼，不自觉地。

她喊出声来，短促、尖厉、喘息，她抽泣，她听到自己的声音在黑屋子的各个角落回荡，遥远、失控、恳求的声音，噢我爱你，我爱你，我爱你爱你爱你，他们的身体相互撞击，浸在又火热又湿冷的汗水中，汗湿的头发黏在脑袋上，你知道你是某个人的小姑娘，是不是？是不是？

* * *

事情快结束时，他平静地说："凯莉，我不想伤害你，我希望你知道这一点。"凯莉笑道："是的，我知道。"似乎这是一次随意的聊天，两人间一次友好而随意的交谈。难道他们不是超越了情人关系吗？难道他们不也是最好的朋友吗？她吻了他，他搂着她，把温暖的脸庞埋在她的脖子里，她还在琢磨，我不能伤害你吗？我没有那种力量来伤害你？她知道这种力量自己不再有了。

冬日的下午渐逝，屋角里升起阴影，凯莉感到陌生，G先生用脑袋磨蹭她的脑袋，说："我知道你知道，不过我想确定。"

眼下是什么把她搂得很紧？——一根带子？——几根带子？——横过她的胸部和大腿，左臂被缠在其中一根带子里？——前额猛地撞在看不到的什么东西上，她眨巴眼睛，眯起眼睛，想看清楚，漆黑一团，她两眼发黑，耳里一片轰鸣，像是喷气式飞机在响，还有一个男人不可思议地叫着"噢天啊，噢天啊，噢天啊"。

她是那个姑娘，她就是那个人，她是那个乘客，她是那个被困在安全带里的人，不，是车门和部分车顶向内弯曲，卡住了她，她头朝下吧？侧向右边吧？哪里是上面？哪里是车顶？哪里是空气？他的身体也重重压在她身上，他在挣扎，拼命喘气，带着哭腔叫道"噢天啊"，一个男人的声音，一个陌生人的声音，你不想选择这样的方式死去，和一个陌生人一起淹死在混沌的黑水中，可她的右腿像给钳子夹住一样，动弹不得，她的右膝盖骨撞碎了，但她没感到疼痛，她可能还处在震惊之中，她可能已经死了，这么快！这么快！黑色的水灌满她的肺，淹没了她的肺，大脑停止供氧，思想停止，不过她的思想已经游离，甚至还是清楚的：这不可能发生。

这个人，这个男人，他的身体压着她——她忘了是谁。他也在乱抓乱抠，乱踢乱蹬，拼命想从翻倒的车里爬出去。

清晰的声音，陌生人的声音——"噢天啊"。

不是咒骂，而是自我激励的呼吁。

从刹车的痕迹和车子严重受损的情况来看，丰田车当时的速度很可能是每小时四十五英里，如果它在急转弯时没有失控，那接下来很可能会撞到前方窄桥的护栏上，再掉进水里，结果差不多。大家是这么想的。

这条水流湍急的河叫印第安河，你想不到它会有名字，在这片沼泽遍布的无名荒野，飞满蚊子，充斥着夜虫的尖鸣，它们都在夏夜里拼命地繁殖。

你想不到这里有河流，在某些河段有十一英尺深，二十英尺宽，朝东北流入大西洋一个潮汐形成的大潭里，再汇入离布洛克敦码头东边大约两英里的大洋里。

我要死了吗？就这样死去？

没人看见，没有其他车到老码头。

这像是对她的一个惩罚，她表现得不像她自己，不像是真正的凯莉·凯莱赫，但她拒绝这个想法，她不是迷信的人，她甚至不相信圣公会的上帝。

他选择了她，你一开始就看出来了，关系发展神速！轻松的笑容！和他女儿一样大！

是的，他们让其他人感到吃惊——有几个人，那些知情人。他俩说要走了，要赶晚上八点二十分的渡船去布思贝港，这让芭菲·圣约翰感到失望。

据芭菲回忆，参议员实际上想赶更早的渡船……可不知怎么的，他们没有按时走……参议员又喝了一轮酒，或两轮。

大约晚上七点五十五分，参议员和他的乘客凯莉·凯莱赫离开德里路17号的聚会，他们有二十分钟赶路的时间，如果你开得够快，又走对路，这时间足够了。

转进老码头路是个错误，但可以理解。在黄昏时开车，你即使不受酒精的影响，也有可能犯这样的错误。

格雷令岛镇政府不再维护老码头路，就应该正式关闭它，写上：此路不通。

三百英里的湿地得到联邦政府的资助，成为"格雷令岛野生动物禁猎区"，诸如瓣蹼鹬、北美夜鹰、雨燕、在水上和在水下觅食的鸭子、白鹭、大型青鹭、燕鸥、双领鸻、各种各样的啄木鸟、画眉、唐纳雀，还有更常见的东北部的鸟类，还有沼泽植物，如香蒲、海滨燕麦草、莎草、蒴草、眼子菜、十来种灯芯草和芦苇、印度天南星、延龄草、驴蹄草、慈姑、马蹄莲，还有动物，诸如……实际上，在芭菲的别墅里，凯莉·凯莱赫翻阅过一份旅行指南，知道几英里远处有野生动物禁猎区，是的，芭菲小时候去过很多次，当他们一家人在这里度暑假时，不过近几年不去了，如果雷心情好，他们明天可能开车去一下，那是个美丽的地方，可他们都喝高了，雷又有其他计划，而且天太热，不过凯莉在想，她更愿意一个人去，她打定主意要去，借谁的车，或许骑芭菲的自行车去也不会太远，那是一辆崭新的山地车。

你以前骑过这样的车吗？——没有？试试吧。

握住把手，双脚放在踏板上，抬起，先站稳，弯背，屁股翘起，古铜色的长发在风中飘扬，沿着海滩飞奔，像孩子一样高兴地笑，纹路很深的车轮咬进脆硬的沙地里，多快的速度，多么高兴，妈妈、爸爸、外婆和外公看着小莉齐[①]在飞奔，噢甜心，小心！当心！可她笑着，飞出了他们的视线，听不到他

---

① 莉齐是伊丽莎白的昵称。

们的声音。

哦，在芭菲家里，穿着的新泳装像手套一样贴在她纤细的身体上，富于弹力的白色腰身，诱人的珍珠色小扣子，单根吊带，隐形钢托文胸把乳房挤到一起，隐隐显出乳沟，她发现他的眼光不自觉地落到那里，她发现他无意的目光落到她的脚踝她的小腿她的大腿她的乳房她裸露的肩膀上，只是出于羞怯，她套了一件水仙黄钩编束腰外衣，也许是因为她一向认为自己的身材和芭菲太不一样而感到不好意思。芭菲穿的是黑丝比基尼，亮绿的手指甲和脚趾甲煽情、勾人。芭菲有着无可挑剔的皮肤，扎着可爱的"人造"马尾辫，我行我素，自信十足，当着雷的面拍她的大腿，喊道，一团肥肉！就是这样：一团肥肉！我那么年轻，还没到长肥肉的时候，去你的！

他们都笑了，他也笑了。

芭菲·圣约翰非常漂亮，对自己滚烫的油亮皮肤十分自信。

从在布朗大学的一年级开始，凯莉便自我训练，严格节食，以减少例假的次数，在和G先生好上后，又因为爱这个男人似乎胜过这个男人爱自己而惩罚自己，不过在去年，她决心要变得健康起来，正常起来，强迫自己正常饮食，原来体重掉了十二磅，现在回来了十一磅，睡觉不需要安眠药，甚至不需要一杯红酒——这是她和G先生住在一起的那三个月时间里他们上床前的固定仪式——连红酒也不需要了。

于是，她恢复健康，变得正常起来。你是个美国姑娘，你希望展示出自己最棒的一面，希望展示你的全部。

不过还是躲开格旺达海兹的家，因为让母亲担忧而内疚，因为和父亲吵架而内疚，那些"政治的"吵架，其实是和父亲一向被忽略的权威有关，不过他们的关系现在又好了，凯莉现在没事了，只是小心地避开她的一些老朋友，那些心怀怨恨的理想主义者，那些赞成堕胎的愤怒的人，甚至躲开斯贝德先生——他最近第三次离婚，胡子拉碴，肚子腆起，火红的头发开始掉落，六十岁的娃娃脸上带酒窝的笑容减少了，目光呆滞。那天在办公室，她感到他盯着她，听到他粗糙的呼吸声，他耳朵里和鼻孔里的毛像布里洛牌电线般，可怜的卡尔·斯贝德，曾是媒体人物，曾是马丁·路德·金和约翰·F.肯尼迪年轻的白人助手，口才一流，现在却待在布里默街一间一楼铺面的凄凉的办公室里，《公民求真》的发行量在三万五千到四万份之间，起伏不定。一九六九年发行量达到顶峰时是九万五千到十万份，与《新共和》不相上下，可卡尔·斯贝德从不谈《新共和》，事实上他大学毕业后为《新共和》工作过好几年！卡尔·斯贝德也从不谈我们这个时代保守主义的胜利，不谈那些心碎、那些悲剧、那些肯尼迪-约翰逊等领导人形象的崩溃，美国灵魂的失去也没令他震惊!——参议员问起他的老友斯贝德,凯莉小心回答。凯莉·凯莱赫不是随便说闲话的人,她也不会把别人的痛苦当自己的谈资,她的原则是,不想当着一个人的面说的关于他的话,在任何时候也决不说。

有几次参议员把话头转回到卡尔·斯贝德身上,说有好些年没见到他了。参议员的口吻里透出遗憾和一丝责备。

是的,他当然看《公民求真》——当然看。

当然,他在华盛顿的办公室订了一份。

他问凯莉在这家杂志社做什么工作,凯莉向他提起自己近来写的文章《美国死刑之羞》。参议员说哦是吗,是的,他读过这篇文章,肯定读过,印象深刻。

她骑着芭菲漂亮的新车,感到他的目光在追随她。

政治,权力的谈判。性爱,权力的谈判。

他有力的手指抓住她钩编束腰外衣下裸露的肩膀,深深地吻她的嘴,风爱抚着他们,像看得见的触手把他们包裹起来,绑在一起。他的吻很突然,却没有出乎意料。在芭菲家后面的沙丘上方,海鸥在飞翔,白色的翅膀闪闪发亮,犀利的喙,亢奋的尖叫,海浪轰鸣、翻滚,海浪在拍打,"砰砰砰",昨天晚上她睡不着,听到这声音,听到芭菲和雷的房间传来做爱的声音和压低的笑声,人的声音交织着海浪的拍击、潮水的涌涌,月亮引起的潮汐,她血液里的潮汐,男人几乎难以控制的欲望,所以他们两人都知道他会再吻她,知道凯莉会在冲动之下决定跟他一起去赶渡船,而不是按计划在芭菲那里过夜。这一点大家都承认。

她就是那个人,他选中的那个人,在飞驰的车里的那个人,那个乘客。

天蝎座,别害羞,可怜的、傻乎乎的天蝎座,你的宿命是疯狂的浪漫,追求你的欲望吧,仅此一次的欲望。

于是她做了,她已经做了,还会这样做,她就是那个人。

14

还在回味,回味参议员带啤酒味的热吻,他的嘴压着她的嘴,他有力的舌头在探索。

就在丰田车飞出那条无名道路的时候,她还在回味,苦笑着想到在她一生中,有多少吻是带着啤酒味的、红酒味的、烈酒味的、烟草味的、肉末杂菜味的,多少探索的舌头。我准备好了吗?

她在颠簸的车里盯着月亮,真怪,扁扁的,这么亮。你觉得那是从内部发出的光,而不仅仅是反射的光,你这样觉得,不过你光凭自己的脑子思想、推理、计算，那是不够的，那是错误的：可怜的天蝎座。

当然，凯莉·凯莱赫没有那么傻，相信什么占星术。虽然她是全美扫盲基金会的志愿者，但在内心深处，她有些瞧不起不识字的人，当然不仅仅是黑人（虽然她的学生都是黑人），还有白人，文明的进步无情地把这些男男女女抛在后面，他们有限的智力无法把握生活的某些道理。阿蒂·凯莱赫、汉姆·亨特和美国所有的保守主义者无疑认为，他们已经无可救药，还是看好你自己的白皮肤吧，可凯莉·凯莱赫生气地拒绝这样的自私，她不是写了一封充满内疚的信给父母吗？是用她在学校的文字处理软件写的，仔细修改，签上洗礼名"伊丽莎白·安·凯莱赫"，寄到纽约格旺达海兹凯莱赫家，部分是解释为什么今年的感恩节她不打算回家，而是和室友去老莱姆，爸爸妈妈我永远爱你们，不过我现在知道了，我不想过你们那样的日子，请原谅！

当时凯莉十九岁。

奇怪的是，她的父母原谅了她。

参议员的社会背景和凯莱赫一家类似，也是在安杜佛上的学，就在亚瑟·凯莱赫毕业的那年，然后到了哈佛，拿了学士学位和法律学位。亚瑟·凯莱赫先去了阿姆赫斯特上学，然后去哥伦比亚大学读书。参议员和凯莱赫一家肯定有不少共同认识的人，不过那天他们天南地北地闲扯，挺兴奋的，参议员和凯莉·凯莱赫谁都没有深究这一话题。

她知道参议员有孩子年纪和她一般大——儿子？——儿子和女儿？——不过当然两个人都没有提到这一点。

她知道参议员和妻子分居将近三十年，这一点参议员直接或间接地暗示了一下。

他笑着说，这个周末我一个人过，我妻子和她家的人去我们在海角的家了……他有些犹疑，没说下去。

回味他的嘴。那天再早些时候，凯莉没和其他人坐在一起，她独自坐在一张野餐桌旁，头枕着胳膊打瞌睡，阳光照着发晕，有点恶心（她为什么要喝酒？什么时候酒精突然起了作用？参加聚会就会这样，就像在大学里一样？这仅仅就是一次聚会吗，像在大学里一样？）。有人悄悄走到她身旁，她透过睫毛看到这人光着脚，一个男人，白色的大腿青筋暴露，粗糙的脚趾甲，然后，一次闪光的触摸，摸着她裸露的肩膀，轻得不能再轻，却像电流一样穿过她的身体，她意识到是他的舌头……他温暖、柔软、湿润的舌头舔着她裸露的皮肤。

她抬头，瞪着他的脸，因为困倦，他的眼白有些发黄，有血丝，不过虹膜却是分外的湛蓝，像有色玻璃，但后面什么也没有。

两人一言不发，像是过了很长时间，凯莉嚅动嘴唇，想挤出笑容，或开个天真而紧张的玩笑，来打破这阵沉默。

你知道你是某人的小姑娘，噢是的！

当车子飞速驶入布洛克敦码头东南的荒野时，她正回忆这些，夜色渐浓，看样子（至少凯莉觉得）他们赶不上八点二十分的渡船了。

这个地方满是蚊子，到处是萤火虫，还有金色扫帚头的灯芯草，长得奇高，在风中头重脚轻地晃来晃去，像是没长脸的怪人，她看着，打了个颤。她对参议员说，沼泽地里有那么多树，都像是死了的，奇怪吧……是真的死了？……微暗的光中孤独的树干上，树叶掉光，只剩枝干，树皮发灰，光滑闪亮，像旧伤疤。

"希望不是什么污染，弄死了这些树。"

参议员趴在方向盘上，皱起眉头，用力踩油门，没有回答。

凯莉在想，自他们拐进这条该死的路以后，他就没有主动跟她搭过腔。

自从去年六月终于和 G 先生分手后，凯莉·凯莱赫就没和男人做过爱。

和 G 先生分手时她想过死，自那以后，她就不想碰任何男人，甚至连装都不想装。

我准备好了吗？好了吗？好了吗？——一个小小的声音，语含讥讽。

四周全是夜虫在尖叫，在忙着做爱、繁殖。一片叫喊，几乎震耳欲聋——她听到了，发起抖来。这么多。你想不到上帝造出这么多，它们发疯地叫，似乎在盛夏就感到炎热马上就要消失，无可抗拒，感到夜晚和寒冷加速的步伐，感到它们小小的死亡正从未来向它们飞来。凯莉·凯莱赫用力吞咽了一下，后悔没给自己带上一杯酒，她在想，我准备好了吗？

沼泽地绵延几十英里，像打碎的镜子散落在他们周围。凯莉觉得他们迷路了，但不敢说，怕参议员不高兴。

我准备好了吗？——这是一次冒险。

在摇晃的车里，他们似乎不会受到什么伤害，更别说会出车祸。参议员开车可以说是鲁莽的，你可以说酒精影响了他的判断，但他的驾驶技术不受影响，因为他开车的确高明，仿佛是凭本能操纵着车子，带着君主般的蔑视，凯莉是这么想的，虽然他们迷路了，虽然他们赶不上八点二十分的渡船，但她还是好好地坐在这里，像童话里年轻的公主一样，没有什么能伤害她。这个童话才刚刚开始，也许不会马上结束，也许。

月亮扁平，明亮，一块块亮晶晶的水面，真像镜子碎片，收音机的音乐是奔放的节奏，海浪拍打，"砰砰砰"，他们听不到，不过凯莉相信自己听到了，她半闭着眼睛，用力抓紧肩头的安全带，指关节都发白了。

她提高声音，但听上去又不像是提高声音，说："参议员，我们可能迷路了。"

参议员这几个字有些讽刺，有些幽默，像一种爱抚。

他告诉过她直接叫他的名字——他的昵称——当然。可不知怎么的，凯莉就是做不到。

一起在颠簸的车里，如此亲密，刺鼻的酒气在他们中间弥漫，带啤酒味儿的亲吻，那舌头厚得能把你噎住。

在她身边的这个人刀枪不入，他属于权势世界中的一员，男人中的男人，美国参议员，一张有名的脸，一段纠结的历史，他不仅可以抗拒历史，还可引导历史、控制历史、操纵历史，使之为己服务。他是二十世纪六十年代旧式的自由民主党人，相信"大社会"的人，以惊人的固执和热情投身社会改革，他的人道主义思想在二十世纪末的美国遭到反对，可他既不苦恼，也不泄气，甚至并不惊讶，因为他的生活就是政治，你知道什么是政治，它的本质就是：妥协的艺术。

妥协可以是一种艺术吗？——是的，不过是次要的艺术。

凯莉以为参议员没听到自己说话，可他说话了，沉闷地"咯咯"笑了，像是在清喉咙："凯莉，这是一条近道。"他说得很慢，像是在对一个年幼的孩子或一个喝醉的年轻姑娘说话，"只有一条路，我们不可能迷路。"

转眼，车子飞出路面。

15

她只听到一声咒骂"嗨！"车子便撞上护栏，侧滑，右后轮直打转，像是着了魔似的转着玩儿，她的脑袋撞到窗子上，一阵红雾闪过眼前，她没来得及吸口气叫出声来，车子速度的冲劲便把他们带下又短又陡的河堤，什么东西生气地用力拍打车子，断断续续的，像是干燥的砖头被碾碎了，车子冲入像是深坑又像是池塘的地方，她还是吸不上气叫出声来，你以为沼泽地里的死水只有几英尺深，可这黑色的水在四周跳跃、滚涌，要把他们拖下去。车子侧翻，凯莉什么也看不见，参议员倒在她身上，他们的脑袋撞在一起，两人一起挣扎了多久，震惊、绝望、恐惧，正在发生的事情他们无法控制，甚至无法理解，只是想，这不可能，我要死了吗，就这样死去？过了多少分多少秒，参议员才呻吟道"噢天啊，噢天啊"，摸索着揪住安全带,想用力扯开,把自己从断裂的方向盘后面的椅子中解脱出来,他拼命顶门,要顶开被黑水和重力压住的门,奇怪,门没在它该在的地方,却在头顶上,他们头顶的正上方,似乎地球发了疯,倒转过来,天空看不到了,消失在下面的黑暗中——凯莉·凯莱赫恐惧、困惑,说不清过了多久。她拼命想逃出河水,她抓住一个男人有力的前臂,他一把推开她;她又抓住他穿了裤子的大腿、他的脚,他穿着绉纱平底帆布鞋的脚很重,用力蹬她,蹬她脑袋的一侧,她左边的太阳穴,她现在疼得叫出声来了,狂乱地抓住他的腿,指甲裂开,然后是他的脚踝、他的脚、他的鞋,那只绉纱平底帆布鞋从她手中脱落,她被扔下了,她叫喊、恳求:"别丢下我!——救救我!等等!"

她叫不出他的名字,黑色的水涌上来,灌满了她的肺。

第二部分

16

他走了,不过会回来救她的。

他走了,游到岸边,叫人救命……还是躺在长满草的河堤上,忍不住呕吐、抽搐、用力呼吸,积攒力气和男人的勇气,准备回到黑色的水里,潜到沉没的车里,车子正像四脚朝天的甲虫一样无助,侧身躺在软软的黑色河床上,摇摇晃晃,在那里,他那位被困住的乘客吓坏了,正等着他来救她,等着他回来打开车门,把她拉出来,事情会这样发生吗?

我在这里,我在这里,这里。

17

那天,芭菲·圣约翰家的国庆聚会,客人源源不断,从下午到晚上,有些凯莉·凯莱赫不认识,不过她也认识几个人,他们也认识她:雷·安尼克;费利西亚·陈,陈是芭菲新交的朋友,光亮的黑发,非常漂亮,拿的是数学学位,是个自由撰稿人,为《波士顿环球》写科普文章;还有爱德·墨菲,波士顿大学的金融经济学家,是波士顿一家经纪行的顾问；当然还有史黛丝·迈尔斯，布朗大学的室友；还有建筑师兰迪·波斯特，和史黛丝一起住在剑桥；还有芭菲从前的情人弗里兹，和芭菲仍是好朋友，实际上，他约凯莉·凯莱赫出去过几次，和善地、随意地，凯莉猜他想和自己做爱，为的是报复芭菲，可芭菲对此毫不在意；还有那个高个子黑人，大约三十五岁，宽肩膀，秃顶，浅色皮肤，像是在麻省理工学院工作，凯莉以前见过他，他的名字很特别，有异国情调，叫卢修斯？——是特立尼达人，不是美国黑人。凯莉记得自己喜欢他，知道他也喜欢自己，为她所吸引。凯莉对此感觉不错，她原本害怕这个周末会因参加这样的聚会而变得越来越不爽，喝那么多酒，有那么多应酬，过于喧闹，这么多公开的性评价使她身处不利的环境之中。自G先生以后，她变得脆弱了，似乎外层的皮肤被剥离了。如果男人看她，她会怕得身体发僵，下巴收紧，血液奔腾。如果男人不看她，如果他们的目光飘过她当她是隐形的，那她会更怕：做女人的失败，更是做人的失败。

可卢修斯在那儿，等离子物理研究员，《公民求真》的订户，仰慕卡尔·斯贝德，或者说仰慕那个他所知道的卡尔·斯贝德。

卢修斯在那儿，凯莉对他的出现感到高兴。两点钟刚过，一辆黑色丰田车驶入芭菲家的车道，一阵低语声，是他吗？——是吗？——天啊！时候一到，他们会成为很好的朋友。

18

她不相信占星术，不相信陈腐的忠告，不相信杂志的星座运程栏里那些富兰克林式的大话，她也不相信圣公会上帝，谁的上帝？——哪个上帝？——为谁立的上帝？她早就明确了。

罗斯外公临终前，尽管当时他的皮肉已从骨头剥落，可眼神仍一如既往地活泼，眼里充满对她的爱。他从不叫她"凯莉"，只叫她"莉齐"，这是他带到这个世界的几个孙子女中最疼爱的一个。他告诉她，像是要说出一个令人不安的秘密，你造就自己生活的方式，你投入其中的爱——这就是上帝。

19

她独自一人，他刚才还和她在一起，现在走了，她独自一人，他肯定是求救去了。

起先，她过于震惊，还不明白自己身处何方——不知道这个地方有多么封闭，多么黑暗，不知道发生了什么——因为一切发生得那么突然，就像窗外的景象飞速闪过，因而变得模糊。她眼里有血，她大睁双眼，却什么也看不到，她的脑袋遭猛力撞击，骨头开裂，她知道骨头开裂了，相信黑色的水会从这裂缝冲进身体，把她杀死，除非她能想办法逃出去，当然，除非他回来帮我一把。

实际上，他在安慰她，笑着，专心地皱起眉头，指尖渴望地触摸她的肩膀。凯莉，别怀疑我，绝不要怀疑我。

他知道她的名字，他直接叫她的名字，他带着爱意看着她，她知道的。

他是她的朋友，他不是她了解的那个人，但他是她的朋友，这一点她是知道的。她马上就会记住他的名字。

是一辆车困住了她，她被挤压在车子的前排座位上，空间十分狭小，因为车顶、仪表板和身边的门往里弯曲，像老虎钳一样夹住了她的双腿，压碎了她的右膝盖，她的右肋骨折了，可疼痛像是悬在空中，如同一时还理不清的思绪，更说不上有什么知觉，于是她觉得只要把脑袋抬离涌进来的黑水，她就会没事的。这黑水的气味像下水道，很冷，你想不到在如此炎热的盛夏，水会这么冷。

即便水从口入，她也想办法呼吸，有一个办法是把水从鼻子喷出来，左右摆动脑袋，然后尽力离开压坏的门。她的左肩可能也骨折了，但她眼下不愿去想，因为到了医院，他们会给她治疗的。他们有一次救过她的朋友，读书时的朋友，那姑娘的名字她记不得了，只知道那不是她，她在叫救命，救救我！——在这里——她有些糊涂，哪里是上方？哪里是天空？——他利用她的身体拼命逃出去，利用头顶的门出去了，那里不应该有门的，不知道是什么东西重重地压着门，他用力顶开门，将大骨架身躯从那个空间挤了出去，那里看上去连凯莉·凯莱赫都出不去，可他身强体壮，像一条发了疯的大鱼，知道靠本能自救，疯狂地向上又蹬又抓。

她从他那里得到了什么，我的天，她愚蠢地抓到了什么奖品，她断裂的指甲，昨晚她还花时间来涂这些指甲，用的是芭菲的指甲油，我的天，那是什么——一只鞋子？

一只空空的鞋子？

不，不是：只有一条路，他会从那条路来到她身边的，她知道的。

* * *

可是，她也知道这车子沉在水里，至于离水面有多少英尺，她猜不出来，也许只有几英寸，她的脑子还有一部分是清楚的，她清楚地知道，虽然车里还有空气，一个气泡，或几个气泡，但慢慢会充满水的，不可能不会，细细的水流会从神秘的小洞、缝隙、裂口渗进来，例如从挡风玻璃那蛛网般的裂口里，慢慢地，水位上升，肯定会上升，因为车子完全在水下。她听说过车祸的受害者在沉没的车里待了长达五个小时，最后获救。如果她有耐心，不惊慌，那么她会获救的，不过肮脏的黑水会涨上来，涌进她的嘴里、喉咙里、肺里，哪怕她看不到也听不到它的"汩汩"声、"咝咝"声，在她受创的头部不远处渗透进来，耳里的轰鸣声和一阵阵咳嗽与呛水攫住了她，黑色的秽物被咳吐出来。

除非他没有答应她？——他答应过的。

除非他没有拥抱她，吻过她？——他抱了，吻了。

没有用他巨大的舌头插入她干燥的、警觉的嘴巴？——有的。

没有疼痛！没有疼痛！她发誓自己感觉不到疼痛，她不会向疼痛屈服，他们表扬她很勇敢，伊丽莎白，眼睛被包扎、勇敢的小姑娘，那是她真正的自我，他会看到的，只要他帮助脱困，她会自救的，她游泳很厉害。我在这里。

20

即使在夏天,每周有两次——周二和周四,凯莉·凯莱赫也会坚持开着她的二手马自达车,从自己位于波士顿比肯山后面的公寓房出发,去罗塞贝利,在那里一间通风不好的社区服务中心,或者说勇敢地教成年黑人读启蒙课本。上课从晚上七点开始,有时多少会拖到八点半才结束。要是问凯莉和她的几个学生有什么进步,她会笑笑,说:"一点儿!"

凯莉只做了几个月全美扫盲基金会的志愿者,她对自己的工作充满热情……不过也带着自负和自以为是,白人的屈尊,夹杂着真实的、深深的恐惧,对身体受到威胁、伤害的恐惧,不是在社区服务中心那里,而是在周围的街道上,在人烟稀少的罗塞贝利和到处是废墟的高速路上,是对自己白皮肤的脆弱所感到的恐惧。

这种矛盾的情绪很影响她在罗塞贝利的工作,所以她直到仲夏时分才告诉父母,也极少对朋友提起。

那天在芭菲家她和参议员聊了几次,也没有提起这件事……确切地说不知道为什么不说……也许不希望参议员了解她热情的志愿者形象,像参议员这样成功的政治家,对这种形象太熟悉了,他会瞧不起的,她希望他了解她的另一面。

志愿者,尤其是女性志愿者,那是什么呀?她知道不能推销自己的这一面。

这时黑色的水渗进像子宫一样紧紧裹住她的车里。

可是:芭菲很好,给她那间她们叫小姐妹屋的房间。德里路的科德角别墅有五间卧室,这间在东角。作为客人凯莉·凯莱赫住过这里很多次。房间的铜床上挂着质朴的白色蝉翼纱,不多的家具是仿夏克尔风格的,麻花状地毯,墙纸是鲜花图案,主色是草莓色,很像格林威治罗斯外婆那幢老旧大屋里她喜欢的那个房间。凯莉手指颤抖地洗着温暖的脸,细心地冲洗那双被太阳晒花的眼睛,以轻快的姿势兴奋地梳着头发对着浴室的镜子兀自微笑,心想,这真疯狂,不可能的。
不过,是的,凯莉·凯莱赫就是那个人。

起初,参议员和大家、和每个人都说话。他个子高,肩膀宽,因为来到他原本一无所知的、美丽的格雷令岛而充满热情,高兴得脸色发红。他很少来缅因州,他们主要去海角的家避暑,努力不去管这些年来海角变化很大，发展太快，人太多……"生活中的某些情况，离你最近的事情，你有时不想去揭晓。"

可参议员看上去心情舒畅，喜爱社交。这是一个开心的场合，一群有魅力、比他年轻的人，他是那种决意享受生活的人。

他和雷·安尼克：这两个年纪大一些的男人，你可以说，决意要享受这次聚会。

实际上，参议员在问候完女主人后，第一件事就是把雷·安尼克拉到一边说话，不让其他人听到。然后他问芭菲能不能借用雷的剃须工具来梳洗一下——他说那天在华盛顿，自己从早上六点钟起就没刮过胡子。

他换下不合时宜的白棉长袖衬衫，换上藏青色短袖马球衫，领口敞开，多肉的二头肌那里的袖子绷得紧紧的。在开得很低的V形领处，露出铁灰色的胸毛。

他穿的是浅色泡泡纱裤子，那褶皱款式清爽，有夏天的气息。

浅褐色绉纱平底帆布运动鞋，宾恩牌。

微风轻拂的露台上有喝的，很多人在说话，参议员也在其中，从容、友好、自然大方，不过他的姿态、他的某些话题、放缓的语调在暗示我知道你们在记住我，但不要因此不喜欢我。他们在谈论高等法院最近一些令人生气的决定，靠意识形态支持的自私是对一个健全社会的残酷，是对民权运动成果有系统的瓦解，瑟古德·马歇尔法官退休是一个时代的终结。

参议员叹了口气，苦笑，像是要说什么，但又改变了主意。

在芭菲家，总会有事情分散大家的注意力。新客人不断到来，期待一场即兴的网球赛。

握着凯莉·凯莱赫骨骼纤细的手，捏了捏："凯莉是吗？卡莉？凯莉。"

她笑了，喜欢一个美国参议员叫出自己学生时代的名字。

他不是我想象的那样，他原来很热情，很好，根本没有俯尊屈就的感觉——

准确的表述，这些话将封存在她的记忆中，存在她对朋友的回忆中，也许斯贝德先生多年前认识参议员，但现在和他疏远了。

真有礼貌，真友好，希望了解我们，了解我们怎么看他在参议院提出的议案、公共医疗补助制、福利改革，是的，他是理想主义者，我觉得说这样的话并不夸张，就是——

我们用言语预演未来，这是多么重要。

绝不要怀疑你能活到把这些话说出来。

绝不要怀疑你能说出自己的故事。

还有这次事故，有一天她会改变这次事故，这是噩梦：被困在沉入水中的车里，差点儿被淹死，获救。真可怕——太可怕了，我被困住，河水渗进来，他去求救了，万幸的是，车里有空气，我们关紧车窗，打开空调，是的，我知道这是一个奇迹，如果你相信奇迹的话。

21

粉刺会在任何时候长出来，而不仅仅在青春期！

皮肤毛孔里长出多余的细胞，导致油脂无法排出，油脂和细菌在被堵住的毛孔里滋生，产生粟粒疹和黑头，有时会形成严重的粉刺囊肿。推荐使用抗菌药物过氧化二苯，用水杨酸清洗被感染的毛孔。推荐使用带绿色的粉底来淡化发红的皮肤，再覆以柔和的粉底和扑面粉。

千万不要直接将粉底扑到受损的毛孔里，这样会导致感染！

我想要他。他的眼睛，他的双手，他的嘴巴……不能老盯着看。

她的头发，她的眼睛，她的嘴唇……那香味是什么？

白色氨纶泳衣，珍珠色小扣子，配上贴身内衣，单根吊带，大腿处收得很高，你希望全身各处都能晒成金黄色。

水仙黄棉布网眼束腰外衣，配上薄绸、牛仔裤、游泳衣，整个夏天都可以穿：迷人，性感，适用各种场合。

小心：太阳的紫外线，在海水里游泳，吹风筒过热的风，这些都会严重伤害漂亮的头发。

小心：超过十万的美国女人感染了艾滋病病毒。

小心：当心那些声名狼藉的模特学校，它们许诺不出十二个月就可以到时尚杂志社工作。

小心：香水、发胶和摩丝含有酒精，对丝绸和醋酸纤维素衣服会产生永久的伤害。在穿衣服前喷，要么在肩上披上毛巾。

* * *

天蝎座的秘密：阴间之神普路托原本不是男人，而是女人——大地之母雷亚的女儿。普路托只是一个男性化的女神！人们相信，随着新时代的到来，天蝎座久被压抑的力量会重新得到发掘,天蝎座将升入新的境界——凤凰涅槃。

22

现在她不再尖叫,也不再抽泣,她知道在这样的黑暗中,不能这样耗尽氧气,不过她大声而清楚地说,我在这里我在这里我在这里,直到喉咙发痛。

她不是歇斯底里,她没被吓瘫。

她听到他的声音……在上面某个地方,水面就在上面不远处,他在浅水处小心地移动,他在下潜,游过来救她,她被困在黑暗中,她得引导他,我在这里我在这里我在这里。

这时黑色的水从她周围涌上来,灌满了她的肺。

无形的黑水在她身边涌起,她觉得汩汩渗进来的水像她脸上涓涓细流般的泪水,像数百个柔软的水蛭把嘴贴在她身上,摸索、吸吮,不,不过就是河水,她坐在水里,不自觉地在水里发抖,这水里有下水道、汽油、油脂、她自己的尿液的味道,她把自己弄脏了。别扔下我,我在这里。

一分钟前还颠簸在满是车辙印的路上,头顶上是明晃晃的月亮,他用力吻她的嘴,一分钟后就在为求生而战,他在恐惧中为了逃生，不自觉地踢她，他不知道自己在做什么，这是盲目的恐惧，她能理解。

她理解，她有信念。

她现在想起他是谁了：参议员。

她感到他的指尖触摸她裸露的肩膀，他带着啤酒、烈性酒……的气息，她不是个坏姑娘，她会解释为什么会在这种情况下和参议员在一起，事实上还是老一套，不言而喻，可以想见。

不过，在他们认识之后，在谈得如此随和、发现有这么多话题之后——比如卡尔·斯贝德，比如《公民求真》——在这之后，凯莉改变了她对这个男人的看法。

——真的热情、和蔼，对其他人真正有兴趣，当然很有智慧。

预演未来，用语言，你的语言，你的故事。

因为你绝不能怀疑未来的存在。

真有幽默感！

让他笑，逗他乐……一个疲惫的中年男人的内心开始变得柔和，他头顶上的铁灰色卷发正变得稀疏，一月份他打壁球时扭伤了左膝，见鬼，他在球场上不是雷·安尼克的对手，疯狂的雷致命的二发，是的让我笑让我高兴我太想高兴了，于是凯莉·凯莱赫灵机一动，谈起格旺达海兹的世仇（她早就跟芭菲说过，不过可爱的芭菲假装第一次才听说），不，不仅仅是世仇，是不折不扣的战争，拥有地产的人们不得不选边站，不允许骑墙：你要么赞成格旺达海兹的道路按"传统"不铺路面（这却是挺贵的——维护这样的道路与维护铺了路面的道路相比，每条路平均每年至少要多花四万美元），要么赞成"现代化"。就这一问题，双方激烈争辩，特别是支持传统的那一派……像住在欧洲赤松路的阿蒂·凯莱赫，他相信，如果铺了路，他的地产就会贬值，他和一个老朋友吵得很凶，那人在镇政府的听证会上反对他。凯莉的母亲甚至担心他会犯心脏病。友情破裂，邻居不再讲话，差点儿要打官司，至少人们怀疑有一条狗被人下毒……全都是为了这个，凯莉希望大家笑，全都是为了这个：泥巴路！

参议员笑了，不过说，嗯，是的，他觉得可以理解，你得了解人心，人爱纠缠于琐碎之事，托马斯·曼说过，不管在中立者看来多么微不足道多么自私自利多么无知，没有什么事情是无关政治的。凯莉也许还太年轻，还不明白这一点。

"年轻？我不年轻了，我一点儿也不觉得自己年轻。"

这些话显得突兀、尖刻，她的笑声同样也很尖厉，其他人看着她，他看着她。

她决心不说出来，参议员，我的荣誉生论文写的是您，除非这话显得特别随意、有趣。

23

她用方向盘做杠杆，往上拽自己的身体。

她用力地发抖，呜咽着，像一个吓坏了的生病小孩。

像小孩子一样恳求道，救救我，别忘了我，我在这里。

从车子驶出路面到现在有多少分钟了，十五分钟？——四十分钟？她算不出来，因为有一段时间她并不清醒，突然在恐惧中醒过来，有东西像蛇一样拂过她的脸、脖子，浸泡她的头发，不是蛇，不是什么活的东西，而是一股涌进来的水流。车子先前侧翻，左摇右晃，水流冲过来，把它完全翻倒。

现在被困在这里，不知道这里是哪里，不知道他离得有多远，头朝下困在漆黑中，蠕动，喘气，想脱身，摸索——摸到什么？——方向盘！她僵硬的手指抓住破损的方向盘，用来做杠杆，他先前就是用它作为杠杆来脱身的。

方向盘至少给了她位置感，她看不见，但可以计算：离司机门有多远，那里的门可以打开，她肯定它会，一定会为她打开，正如它先前为他打开一样，她不愿去想那门，也许那门是因为撞上护栏而打开的，后来又被水流关上了——急速翻滚的水流，她看不到但能感到、听到、闻到，用身上的每一个毛孔来感受，这水流是食肉动物，它就是她的死神。

不愿去想，不愿承认。

你不是乐观主义者，你死了。

她告诉母亲她是个好姑娘，可母亲似乎没听到，只顾急促地说话，似乎有些尴尬，她暗淡的灰色眼睛一直被凯莉认为漂亮，它们盯着凯莉肩后的某处，"这样的爱只是"——凯莉听不到下面的话，但心想那是一种天生的狂热——"它持续不久，无法持续，亲爱的，我甚至都记不得你父亲和我什么时候……上一次……像那样……那样……"——现在十分尴尬，但还是鼓起勇气继续下去，因为凯莉突然想起来，这场谈话是在她十六岁时进行的，当时她在布朗克斯维尔学院读大三，她不顾一切地爱上一个小伙子，他们做爱很笨拙，很不开心，这对凯莉来说是第一次，后来那小伙子躲着凯莉，她想去死，睡不着吃不香，她肯定自己受不了了，像她的一个校友那样真的试图自杀：她用一品脱威士忌酒吞下一满瓶用来催眠的巴比妥酸盐，被救护车送到布朗克斯维尔综合医院急救室，胃被抽空，小命得救了。凯莉·凯莱赫真的不想死，她在母亲怀里哭泣，她发誓不想死，她真的是一个好姑娘，她真的不是一个坏姑娘，她不愿像其他姑娘那样服避孕药,母亲安慰她,母亲在那里安慰她,即便她似乎没有听见她说话(也许是因为水流太急,也许因为隔着挡风玻璃),母亲还是在那里安慰她。

黑色的水冲刷过她的嘴巴。

除非她突然一用力——在最初的晕眩之后,她都不知道自己有这样的力气——把自己的一部分脱离那卡住膝盖的东西,还有她的脚,她的右脚完全没有知觉,像是隐形的,像是不存在,像是被锯掉……如果是这样,那她现在应该已经因流血过多死去了,时间过了那么久。

她还是移动不了右脚的脚趾,也没有感觉,甚至不知道脚趾、脚长什么样,两样东西在她心中突然混为一谈,她不再去想它们:她是个乐观主义者。

凯莉认为自己对这个世界看透了,看得一清二楚。她的朋友这样调侃她。噢,不过我们更清楚!他们忍不住调侃杜卡基斯的溃败,调侃她对卡尔·斯贝德顽固的忠诚,他拿她当打字员看。在一次聚会上,她听到简·弗赖伯格跟一个男人说,是的,那就是凯莉·凯莱赫,我来介绍你们认识吧,她真的很可爱,只要你不计较——她快速转身,不想听简下面的话。

这些人在她听得见的时候、在她还活着的时候就这样说她,真没礼貌。

她的朋友这样议论她,他们怎么敢!

凯莉?——漂亮。

一个刺耳的声音在她耳边响起,可她看不到那张脸。

她也想不起他的名字,只知道他在努力够她,他迎着翻滚的急流游过来,苍白而焦急的脸,头发一绺绺漂起,他向门把手伸出手,手指摸索着门把手,如果她有信念,如果她不向害怕、慌乱、恐惧、死亡屈服,她会得救的。

这里我在这里。

不知怎么的,事情就发生了。她确信自己头朝下躺在受损的车顶上,车顶摇摇晃晃,似乎在无形的河床上颤抖,在离她很近的上方把她卡住的是座椅,她还坐在椅子上,安全带跨过肩膀、横过脖子,被困者掉下来时脊椎折断,脊神经受损,被困者慢慢窒息,不过她的右腿被扭曲的金属紧紧卡住:她的脚麻木,失去知觉,像是成了一块石头:锯掉了?还是还在?

不,她不能想这个,她是个乐观主义者。

她意识到自己呕吐了,但不知道是什么时候吐的,脑子飞快转动,这对清洗她的胃有好处,这样胃里会少些毒素,这里的水不是她熟悉的,她熟悉的水是透明的,湛蓝、清澈、怡人,不是这样的水,这里的水昏暗、浑浊、黏滞,气味像下水道、汽油、油脂。

这里？救救我——

使出浑身力气抓住方向盘，把自己抬出汩汩的河水，像孩子一样呜咽，努力想，如果我能一直把头抬起来，嘴巴保持干净，她就能吸到在她上方汩汩飘浮的空气，被月光照亮的空气。

扁平而明亮的月亮！只要她看得见月亮，那就证明她还活着。

凯莉，我们会到那里的，我们会按时到那里的。

她知道，她理解，他们对她有期待，他对她有期待。

会有救护车。警报。红灯急速闪动，颠簸着急驶过沼泽地。

那姑娘名叫丽莎，有一个双胞胎妹妹，她曾吞下三十八颗巴比妥酸盐药片自杀，他们去救她，把胃抽空，救了她一命。后来，所有的女孩都在害怕地议论，说她没来上课，在餐厅也没见到她。

虽然那个女孩是双胞胎，是姐姐，但不是凯莉·凯莱赫。

和G先生分手后，凯莉·凯莱赫发誓绝不会结束自己的生命，因为所有的生命都是宝贵的。

因此，问题在于她的力量，她的意志。她灵魂的专注。不放弃，不软弱，起伏的黑水在上升，没过她的下巴、她的嘴巴，不过我可以把头抬起来，问题在于知道做什么，然后去做。

她为什么不敢说他们迷路了，她为什么不让他把车掉过来，往回走，噢求您了！——可她不敢得罪参议员。

她知道，黑水是她的错。你就是不想得罪他们，哪怕是好人。

他很好。哪怕知道他们在紧盯着他，记住他，记住他说过的某些话、他的玩笑，记住他紧缩下巴、露出牙齿，像打网球那样。

你听到自己说的话，转而蔑视自己……你的"名声"。

他对她，凯莉·凯莱赫，出乎意料地好。她在沙滩上，戴着漂亮的新黑色太阳镜，镜片设计得很科学，能过滤紫外线，她光彩照人，充满自信，她知道自己长得不错，她不是漂亮的姑娘，不过有时你是知道的，这是属于你的时间，你知道，没有什么快乐能像这样的快乐。

你是美国姑娘，你知道的。

是的，她恢复了不少体重，不，她的头发不再乱糟糟，又变得光亮起来，闪闪发光，母亲会感到欣慰的。希望G先生死去，这是出于孩子气的苦涩，不过我当然不会再那么想了，我把你看作一个朋友。

她还是犹豫，不愿说出迷路这两个字，她自己的母亲不是告诫过她吗,没有哪个男人会容忍被任何女人看作是傻瓜,不管她的话多么真实,不管他有多爱她。

突然,情况好起来了:汩汩的空气稳定下来。

如此怪异的形状,看起来闪闪发亮,她的眼睛什么也看不到,座椅在晃动,座椅从车顶悬下来,渗透肯定停止了,她会坚持,用嘴呼吸,像婴儿一样,直到获救。

24

他说:"——海湾战争使你们这一代对战争和外交的看法变得悲观,你们幻想战争相对容易,认为外交就是战争,是最便利的选择。"他的语气几乎是严厉的、责备的。

虽然她感到荣幸,一个名人跟她说话如此认真,对其他人如此不在意,她怎么可能不感到荣幸呢?她赶紧说:"参议员,'我'这一代没有这样的事情,我们被种族、阶层、教育背景、政治信念——甚至性别上的自我界定所隔离,唯一把我们联系在一起的就是我们的——隔离。"

参议员揣摩着这句话。

参议员沉思,点点头,然后笑了。

"嗯,好啊!我得改正了,呃?"

冲着她微笑,坦率地盯着她,这姑娘叫什么名字?——大家都看得出来,参议员对这个口才好、有魅力的姑娘印象深刻,她是和雷·安尼克睡觉的那个姑娘的朋友。

这是格雷令岛北边的海岸,多么原始,多么美丽——带咸味儿的空气,明亮、清新、宽阔的大洋,犬牙交错、陡峭、顶端发白的海浪,这个世界如此美丽,你都想用牙齿咬它,把自己完完全全地投入进去,噢天啊。

25

凯莉,凯莉!——她听到上面有人在叫她的名字,凯莉!声音在她四周响起,很大声,很刺耳,她的名字划过黑色的水。

这里,我在这里,这里。

水在她嘴巴周围飞溅、翻滚,带臭味儿的水,不是水,不是她熟悉的水,她尽可能抬高脑袋,脖子因为用力而发抖。她把脸、嘴伸进一小块空气稀薄的空间里,她说不清这是什么地方,只隐约觉得这是在翻倒的车里乘客座位过去一点点,在储物小柜下面?——那是她坐着时放膝盖的地方,她的膝盖,她的脚。

只是,她再也想不起这个地方叫什么,她找不到语言,也没有逻辑能力把这些语言串连起来。

她也不会说空气这两个字,只是知道、感受到她噘起的嘴唇在吸吮它,不能失去它。

那块月光膨胀起来,收缩,膨胀,收缩,她说不出光亮这两个字,甚至说不出生命这两个字。

黑色的水灌满了她的肺,她死了。

不:她在看男人打网球,她、费利西亚·陈、史黛丝·迈尔斯,在长满尖刺的野玫瑰的围绕中,在圣约翰家漂亮的网球场上。凯莉玩弄着玫瑰花瓣,摸着尖刺,指甲插进肉乎乎的红色浆果里,这是紧张的表示,她的一个怪癖,很难改掉,因为看着充满活力的球赛,看着他,她几乎意识不到。史黛丝笑道:"主要的区别是,他们的肌肉,看看他们的腿,我是说你们都能看得很清楚。"

参议员是球场上个子最高的,麻省理工学院的卢修斯谨慎地蹲着,看不出身高。年轻的姑娘仰慕他们,鼓掌,拍照,溜走又回来。看着一个男人在网球场上和其他男人竞争,展示他最真实的一面,或看上去如此,这令人着迷。认真的双打是真正的考验，一项冒险的事业。参议员和他的律师朋友雷·安尼克搭档，他们喜欢搭档，合作愉快，他们的对手年轻得可以做他们的儿子，人老腿先老，不过精明的运动员知道如何保存有限的精力，同时逼迫对手多费精力。参议员在球场上以掌控全局的轻松神态移动脚步，看样子他从小就打球，多年的训练使他熟练地把球打到对手身后的场地，球擦网而过，令人惊叹，发球像机器一般精准，落点随心所欲。是的，凯莉和其他观众印象深刻，他们羡慕，他们明明看到对手把球打出界了，参议员却说球在界内，真有绅士风度。

很有体育道德，有时候，赢得有风度难，输得有风度也一样难。

不过，随着打了一盘又一盘，比赛的主动权逐渐发生了转移。卢修斯怪异的首发，史黛丝情人顽强的上网和难以预测的反手击球让参议员和雷·安尼克筋疲力尽，还有太阳和大风，还有圣约翰家的球场需要维修了。凯莉不等最后一局结束便明智地溜走了，不想参议员看到她在看他，他笑对失利，拿这个来开玩笑，他握着年轻对手的手。这种时候不想听到男人们彼此说什么，以避免说其他什么话。

不：她走在沙滩上，头发在风中飘扬，黄色的网眼束腰外衣松松地罩着白色的泳装,长腿光滑、强壮,被太阳晒成粉红。她沿着沙滩走,身边是那个高个子宽肩膀的英俊男人,熊一样的大个子,灰色的卷毛,那是一张著名的脸,也是表情轻松的脸,向日葵一般的脸,和善的脸,亲切的脸,像自家叔叔——蓝色的眼睛这么蓝,蓝得强烈,蓝得厉害,蓝得像洗过的玻璃。

他对凯莉·凯莱赫的兴趣那么强烈,那么厉害。受宠若惊。

问她在卡尔·斯贝德那里干得怎样,问她的背景、她的生活,用力点头,说是的,他读过她发表在《公民求真》上那篇关于死刑的文章——他肯定读过。

他虽然口吻随意,但好奇地问她眼下有没有男朋友?他问得慈爱,露出带皱纹的笑。

问她是否想去华盛顿工作?

她是否愿意考虑加入他的团队——在某个时候?

凯莉·凯莱赫高兴得满面通红,不过头脑冷静得像律师的女儿,她低声道:"参议员,看情况吧。"

当然。

在一九八八年民主党全国大会上,杜卡基斯请参议员作为搭档副总统竞选,他婉拒了,多么明智。让本特生处在第二位置,和荒唐的奎尔做伴,他要么获得总统提名,要么什么也得不到。不过更明智的是,他当时没有积极追求提名,因为他明白，那年民主党再怎么努力也是注定要失败的，而杜卡基斯并不明白这一点。

凯莉·凯莱赫不明白。在里根时代，那些令人沮丧的精神堕落，虚伪，残酷，笑里藏刀……当然，美国人民会看清楚。

可凯莉一直看不清楚，真是个傻瓜。几年后的现在，在七月四日的聚会上笑谈这一点，和美国的一位参议员散步，漫步走过芭菲邻居家的孩子插在沙地里的小国旗，拿她的疲惫和伤心当作逗乐的谈资，开起自己的玩笑。

不过参议员没有笑，他热切地说："噢天，我能理解，史蒂文森输给艾森豪威尔，我当时就想过死，差点儿——我爱那个人。"

凯莉·凯莱赫听到这样的坦白，感到吃惊，一个男人爱另一个男人？

即便是政治用语？

参议员谈起阿德莱·史蒂文森，凯莉用心倾听。她对史蒂文森只有含糊的了解，却充满敬意。当然，她研究过美国那个时期的历史，艾森豪威尔时代，她的教授称为艾森豪威尔现象，但她不想被考验。她不想提及父亲对这个人的蔑视，她甚至想不起是否有过一次总统竞选，还是两次，在二十世纪五十年代早期？

她小心地问道:"参议员,您为他工作吗?"

"是的,第二次,一九五六年,我在哈佛读大二。第一次,他本来可以赢的——那时我还是个小孩子。"

"您一直——从政?"

他高兴地笑了,露出大大的牙齿,显然他喜欢这个问题。

"'国家是自然的造物,而人则是政治的动物'——天生的。"

他在引用别人的话——亚里士多德的?

凯莉·凯莱赫那天下午喝了很多啤酒,也高兴地笑了,似乎这是一个值得庆贺的事实,是风把她的头发吹拂起来,是海岛的美丽,缅因州的格雷令岛。轰鸣的海浪有如镇静剂,令人放松,高高的海堤围住沙滩,满是卵石的沙地绵延数十英里,沙地上点缀着野玫瑰和无数海风雕琢而成的沙丘,上面有奇形怪状的皱纹或波纹,似乎有人用一把巨大的耙子细心地耙梳过。凯莉·凯莱赫的生活把她带到这里,真是有福啊!

她一般不这么大胆、这么轻浮。她顽皮地问参议员:"'人'——不是女人?'女人'不也是政治动物吗?①"

"有些女人是,有时是,我们知道的。不过大多数时候,

---

① 参议员原话用的是"man"一词,也可特指男人,故凯莉有此俏皮一问。

女人觉得政治是无聊的，是自负的男人的权力游戏，像战争，呃？表面风起云涌，其实千篇一律，所以无聊。"

不过凯莉可不会被牵着鼻子走。这像是一次讨论会，而凯莉·凯莱赫是其中一位明星，她皱起眉头，说："在这个历史时期，女人可没办法把政治看成是'无聊'的，高等法院，堕胎——"

他们的步子放得更慢了，他们兴奋着，说话都喘不上气来。

白得耀眼的沙子很热，扎疼了凯莉娇嫩的脚后跟，可冷冷的海风却让她的胳膊起了小小的鸡皮疙瘩，这里的温度肯定比波士顿要低很多。

参议员发现了这些鸡皮疙瘩，用食指轻轻划过，在他的触摸下，凯莉抖得更厉害。

"亲爱的，你冷吗——你穿得太薄了。"

"没有，没有，我没事。"

"你想回去吗？"

"当然不想。"

抚摸她的胳膊，突然的亲密，站得这么近，朝下凝视她。

参议员抓住凯莉·凯莱赫的肩头，俯下身来吻她，这一动作刻意、缓慢，似乎是要夸大这一礼仪。她直眨眼睛，真的感到吃惊、惊讶，是的，还有激动，这一切发生得真快，真的很快，然而，在他亲吻她的第一刻之后，她依然能牢牢稳住自己，脚后跟嵌入硬脆的沙地里，斜向这个男人，接住他的吻，似乎这是意料之中的，自然而然，不可避免，是两人谈话的一个水到渠成的结果。他的吻同时也是大胆的、轻率的，舌头躲开她的牙齿。

真棒，真的很棒，你无可否认——真棒。

黑色的水灌满了她的肺，她死了。

26

除非：在突如其来的炫目灯光中，她平躺在推床上，被带子绑着，在灯光和陌生人的目光中被推行，医院刺鼻的气味，他们把黑色的水从她肺里压出来，把有毒的烂泥从她的肚子里、血管里弄出来，不到几分钟！几秒钟！对这个垂死的姑娘来说，急诊室成员都是陌生人，但他们极为关注她，你还以为他们在抢救自己团队中的一员，多么迅捷！多么毫不犹豫！她想向他们解释自己是醒着的，是清醒的，请不要伤害我，把她牢牢固定在手术台上的夹具多么可怕，有人站在她身后，用戴着手套的手紧紧摁住她的脑袋，管子强行插入她的喉咙，又厚又粗的可怕管子那么长，那么长，擦伤她喉咙的深处，你无法相信这疼痛会有多厉害，会持续多久，她噎住了，于是想呕吐，但吐不出来，她想尖叫，但叫不出来，她一阵抽搐，她心跳不稳、停止，她死了，她要死了，可他们准备好了，他们当然准备好了，这一挑战令他们兴奋，他们准备好了，紧紧抓住她心跳时断时续的一次时机，用强大的电流来刺激它，啊！是的！好！再来！就这样！再来！是的！垂死的姑娘复活了，这年轻的女尸复活了，心跳在五秒钟内恢复，氧气重回大脑，渐渐地，冰冷的皮肤泛出潮红，生命的颜色；眼睛流出泪水；这生命从死神那里回来了：她的生命。

别让丽莎死，亲爱的上帝，别让她死，别别，她在外面的房间等着，她和其他几个人，哦上帝求求您，他们中有三四个人都处在歇斯底里的镇定中，包括住在学生宿舍的几位姑娘，还有比她们大几岁的室友，是凯莉·凯莱赫看到了丽莎·加德纳瘫倒在浴室里，是凯莉·凯莱赫尖叫着跑去叫其他人，现在她坐在布朗克斯维尔综合医院急救室外面的等候室里守着。看到自己的熟人在昏迷中被担架抬出去，眼睛大睁，嘴巴大开，舌头抖动，不停地淌口水，像是癫痫发作，这让凯莉·凯莱赫咬着指关节，瞪大眼睛，无比震惊，深受创伤，心想，天，这不是丽莎的生命，它就是——生命，看着生命像水从水槽流走一样从她身体里流走，也许她已经死了，他们还能把那生命还给她吗？

能的，做到了。

后来，她们了解到丽莎·加德纳和她的孪生妹妹劳拉（她们从没见过——劳拉在马萨诸塞州的康科德学院上学）三年前还住在家里时，甚至在纽约施耐德的公立初中上八年级时，就订下了吞服安眠药自杀的盟约。她们中有些人知道这一情况后，心生憎恶。

为什么一些姑娘憎恶这种事情呢？——因为丽莎几乎丧命令她们十分不安，心神不定，全部的主题就是丽莎，急救小队冲上楼梯，冲进浴室，把丽莎抬走，还有，严格说来，丽莎已经死了，她的心跳已经停止，真荒诞！真可怕！真神奇！你最后只感到憎恶，丽莎·加德纳总是人们关注的中心，人们为她大惊小怪，对死去或将死大惊小怪，多么疲惫不堪的学期末！

丽莎后来回来过一次，凯莉·凯莱赫决定对她表示友好，和她认真谈话，两个姑娘原先并不是特别要好，并非无话不说，现在却在宿舍大厅里聊得很起劲，丽莎·加德纳说了什么，凯莉·凯莱赫为什么听得那么入迷，丽莎额头很低，鼻头太宽，似乎总是在吹毛求疵地闻着什么，而凯莉面容姣好，但脸色不佳，嘴形忧郁——"人和人之间没有那么大的区别，人也没有那么多的目的，"丽莎说，带着鼻音，语调平淡，有些茫然，有些好斗，"——如果你是双胞胎，你就知道了。"

不，我不知道，不，我不承认我拒绝你，我不是你的姐妹，我不是你的孪生，我不是你。

27

她听到汽笛声。她看到救护车沿着有车辙印的无名沙路飞驰而来，车顶上的红灯像陀螺一样飞闪。

她感到窒息，管子已经在她嘴里，蛇一样的黑管子这么粗！这么长！你不敢相信它有这么长！丽莎"咯咯"笑了。

舒展她的胳膊，伸出去，伸出去……眼神里透出耀眼的疯狂，她在舔嘴唇。

多年后芭菲·圣约翰说，疯了！真让人难受。

芭菲在掐她，芭菲在逗她，见鬼，痛。凯莉·凯莱赫急急忙忙把东西塞进行李箱里，一边说话，一边噘着嘴，是的，不过干吗现在就走，不能过一会儿再走吗？——凯莉·凯莱赫嘟哝道,噢芭菲——对不起,喉咙处被太阳晒成潮红,脸也是,她知道芭菲过后会说她的,不是说参议员,而是说她,天,我以为凯莉·凯莱赫是我的朋友!不过,凯莉不好意思说出她和芭菲心照不宣的那句话。

如果我不答应他,那就没有以后了。

他吻了她几次,亲吻,吸吮,探索,虽然海滩上人不多,但还是有人的,虽然他们衣着整齐地站在海滩上,但她还是感到了电流一样的欲望,不是她的,而是这个男人的。从少女时代起,亲吻,被吻,凯莉·凯莱赫经常感到的不是自己的欲望,而是别人的欲望,男人的欲望,像电流一样迅猛、刺激。

她屏住呼吸,同时还感到熟悉的焦虑、内疚涌上心头——是我使你想要我,现在我无法拒绝你。

两人一旦离得很近,凯莉发现参议员并不帅,也许甚至算不上健康:皮肤发红,斑斑驳驳,鼻子和脸颊上布满破损的毛细血管,眼睛湛蓝,但眼睑有些浮肿,爱盯人的大眼睛里有缕缕血丝。他在流汗,几乎在喘息,好像刚刚跑了步,状态不佳。

"凯莉,漂亮的凯莉。"

凯莉不知如何作答,他又加一句:"凯莉,我该拿你怎么办呢？——天还那么早，我会失去你吗？"

他的一个助手给他在布思贝港的一家汽车旅馆订了房间，在七月四日这天办成这件事可不容易，不过他弄到了房间，登记了，房间在等着他，凯莉·凯莱赫要在那里过夜吗？

当然是在芭菲家过夜，凯莉是芭菲的客人，芭菲打算让她在那里过完整个周末，到星期天才走。

参议员的举止有些茫然，完全失去了魄力，只是茫然。他又问她有没有男朋友？像是忘记自己已经问过了。问她有没有未婚夫？是不是参加聚会的某一位？是不是那个麻省理工学院的有意思的年轻黑人？

参议员的藏青色针织运动衫紧紧裹住上臂，被汗水湿透了，他的泡泡纱裤子在后面起皱了。

他身上气味杂陈：啤酒、刮胡子后洒的科隆香水、男人的汗味儿。凯莉怀着些许愉快皱皱鼻子，笑了。

她生气，抽泣，向父母解释说她不是坏姑娘，真的不是。那个男人是已婚，但没和妻子住在一起，是妻子想离婚，是妻子要我离开，把我扫地出门。幸运的是，他们的两个孩子都已成人，可以自己评估这一情况，一个像参议员这样的人，怀揣对生活的爱，对人民的爱，不管对男人还是对女人，有着渴望遇到新的人并与之交流的热情……也许交流本身就是渴望。

咬住，吸出骨髓，把自己插进去，插到底，天，要不你怎么知道自己活着？

凯莱赫先生看样子是知道的，是的老爸，你要是不明白，你就够虚伪的了。

凯莱赫太太心烦意乱，心神不定。凯莉看到母亲这副样子，很是不安，可也很见鬼地恼火，老妈别再想着我了，我是说别这样看我，我朋友的妈妈——她们就处理得很好。

凯莉，不同的是，我爱你。

哦见鬼，省省吧。

我爱你，我不想你受到伤害，一点儿都不想，我想让你避免的就是伤害，这是我的想法……你可能不信，但我真是这样想的……在医院，你出生的时候，他们把你递给我……我知道是个女孩，我从没有这么高兴过，以前没有，以后也没有，我发誓永远不让女儿像我那样受到伤害，我向上帝发誓，我要用生命来保护她。

妈妈哭了，凯莉哭了，脑袋摇来摇去，呕吐，窒息，嘴里是油脂、汽油、下水道的味道，不太肯定自己身在何处，为什么脊柱扭得这么厉害，两条腿都扭曲了，她头朝下是不是?——在黑暗里不知道哪边是上面,黑水从四面八方挤压过来,翻滚,上涨,急切地要填满她的嘴、她的肺。

温和地说,是的妈妈,我想是的。

妈妈,把我带回家吧,我在这里。

不太清楚凯莱赫夫妇是否被叫到事故现场,站在河堤上,看着车子从河里被吊出来;抑或,他们已经在医院了,在急救室外等着。凯莉看到他们的脸,不是她记忆中的那般熟悉,而是那么年轻——那么漂亮。她自己又是多大呢?她糊涂了。

妈妈这么漂亮,脸上没有皱纹,眼神如此清亮——蓬松的头发直直的,亮亮的,令人晕眩,富丽堂皇!

爸爸这么英俊,这么瘦高!——他的头发,我的天,他的头发,厚密,卷曲,铜褐色,和凯莉的头发一样,她很多年没看到这头发了。

是的,她一辈子都爱他们,在充满危险的成年时期,她比以前更爱他们,可这个事实怎么说出来呢?——怎么表达呢?——在所有的场合该如何说出口呢?

嗨,妈妈、爸爸我爱你们,你们知道我的企盼,请别让我死,我爱你们,好吗?

她穿着白棉翻口小短袜,踢掉闪亮的光面仿革新鞋,在外婆扎脚的毯子上奔跑，一双有力的手从后面迅速伸过来，抱起她，她扭动身子，"咯咯"直笑。另外一个人的手，男人的手总是出乎意外地有力、强壮，他叫道，这是谁！这是谁！嗨嗨嗨天使小蜜蜂伊丽莎白！把这个双脚乱踢身子扭动的孩子高高举过他头顶，他的胳膊都发颤了，之后，她听到妈妈和外婆责备他不注意自己的血压，你在做什么呀，你会把她弄掉下来的。

他朝她挤挤眼，外公太爱她了。

现在她身处险境，体味着这冰冷的、难以言喻的恐怖：如果这黑色的水灌满她的肺，她死去了，她父母和外公外婆要是知道这个消息，也会死的。

哦天啊，不，哦不，这不可能。

他们这么爱凯莉，他们也会死的。

但是，又突然意识到，罗斯外公已经死了——这样他就不会遭此大难了，这令人稍感欣慰。

也许他们不必告诉外婆？——凯莉觉得没有必要，真的觉得没有必要。

妈妈你明白我的意思，是吗？——好吗？

爸爸？

好吗？

28

在格雷令岛,到处长满了野玫瑰,盛开的野玫瑰,紧贴着地的一大片,美丽的花瓣粉红夹杂着淡紫,花茎却偷偷藏着尖刺,凯莉在看男人们打网球时,不经意地用指尖抚摸这些尖利的花刺……是玫瑰,还是弗州蔷薇?

野玫瑰,无处不在,万紫千红,装点着暗褐色的海滩。

这种灌木的果实,像小小的李子,也很漂亮,看着都令人血脉贲张、性欲高涨,凯莉抚摸这些果实,指尖划过,指甲掐进去。

玫瑰果,参议员说。他喜欢谈玫瑰果,他祖母将它浸泡,用来制作玫瑰茶,凯莉喜欢玫瑰茶吗?花茶,现在很流行,呃?他觉得他祖母还用玫瑰果来做果酱,要么是他把这东西和其他东西弄混了。

玫瑰果,可能是红醋栗。越橘。

厨房里,芭菲把冰块倒进一个容器里,她扮了个鬼脸,说:"你和参议员相处得很不错嘛。"笑容斜飘过来,凯莉·凯莱赫也笑了,感到脸红起来,嘟哝道:"呃。"停了一下,冰块"哗啦啦"地倒进塑料容器里,芭菲又说了芭菲式语言,你都不知道这话会从什么地方冒出来,是一个狡诈的玩笑还是心照不宣的揶揄,是一次警告还是一次让你一下回不过神来的侮辱,或者,只是对事实坦率的陈述:"别忘了,他投票资助反政府游击队。"

29

凯莉?凯莉?到我这里来。

突然,她听到他说话,在头顶很近的地方叫喊,拉扯着司机一侧的门,车子被他拉得直摇。

她想说话,可嘴里全是水,她甩甩头,把水吐出来,我在这里,我在这里,救救我,用左臂用力把自己往上拉,左臂紧密的小肌肉,肩膀,她用力得发抖,有多少分钟?还是多少小时?沉没在这黑色的水里,时间不走了,只有渐渐上涨的水能衡量时间的流逝,不紧不慢,无情地上涨,像数字电子表在"滴滴答答"地走,参议员看到她在这里吗?——在这么黑的地方?——困在这里,困在这个深坑里,困在这口棺材里,不管是什么,也不知道叫什么,把她挤得这么小,这么紧,动弹不得,你肯定残废了,你的脊柱不得不向后弯?

她现在醒着,脑袋疼得厉害,眼睛后面冒出大块的光斑,像是涨大的肿块，紧紧挤在脑壳里面，她的脸像失去了所有的知觉，她把嘴噘起来那么长时间，喘气，吸吮，空气汩汩飘走，像一个冷酷的、变幻莫测的生命体，跳动，飘移，一会儿那边，一会儿这边，她只能努力地去够它，用力到抽泣。

我在这里，我在这里，这里呀！

他潜到黑色的水里去救她，可他离得还远，到处黑乎乎的，什么都看不见，她明白她得罪了他，伤害已无可挽回。

她顽皮地闭紧嘴唇，不让他的舌头进入，她想象这是一种放松，一次逗乐，一次相互的关注、尊敬，她知道他的确尊敬她，她知道的，然后她勉强打开嘴，他肥厚的舌头插进来，充满饥渴。

真丢脸，她不顾一切地扯住这个男人的裤腿，扯住他的鞋子！他踢开她！他的鞋子，灌满水的鞋子，在她手里。

他的鞋子！

哦凯莉，她的朋友们会取笑她的，芭菲会尖声大笑，笑出泪水——他的鞋子！

一只脚穿鞋，一只脚光着，沿着沼泽地那条路，一瘸一拐往大路逃回去，他们就是从那里拐进沼泽地的，那里肯定有一家7-11便利店、一家加油站、一家酒馆，外面有电话亭。

不，一切还没有发生。午后的太阳十分耀眼，充满欢乐的长长一天，像轮转焰火一样不断地喷出火星。

壮观的美国国旗，丝绸做的，红白蓝，在圣约翰家的旗杆上方飘扬。这旗杆是德里路上最高的，在格雷令岛上也很可能是最高的。

芭菲说，我老爸是个爱国者，在中央情报局干了二十年，屁股没给炸飞，还算是好的。

一切还没有发生，因为芭菲又在安排客人照相，一次快照。芭菲穿牛仔裤和比基尼文胸，她的"人造"马尾辫光滑、黑亮，吊到后背中央，她涂了绿色的指甲很粗俗，如同爪子一般抱着相机，舌头从闪亮的白牙中间伸出来。喂好了，别动好吗，请往这里看——您，参议员，嗨嗨嗨？——就这样！很好！

有几张照片拍的是参议员站在野餐桌旁，一只脚在沙滩上，一只胳膊肘撑在泡泡纱膝盖上，姿态随意。凯莉·凯莱赫像是在他的臂弯里，闪光灯闪的时候，她冲着镜头笑。参议员笑得节制，像是一种暗自的笑，一种沉思的笑，那种刚绽开便收回去的笑，他眼神中的注意力有些分散，严肃，像是在想，这张国庆节的节日照片会配上什么文字，通过新闻通讯社成为电视新闻网的主题，传遍美国和无数其他国家？

不，你无法想象你的未来，哪怕这未来是你的。

一只脚穿鞋，一只脚光着，一瘸一拐，浑身湿透，全身发抖，低语出声，噢天啊，噢天啊，噢天啊。

30

……目前美国仍保留着五种执行死刑的方式。高等法院近来的裁决权，各州的自主权。民意调查中，绝大数人支持死刑，为什么？——因为它是一种威慑。因为它传达出一个信息：生命不是廉价的。五种方式中最传统的是吊死。上一次使用是一九六五年，堪萨斯州。死囚十六分钟后才死，有时时间更长。在蒙大拿州，这仍是一种选择。这是唯一能让这些野兽明白的一种威慑。枪决，在犹他州。电椅，一八九〇年开始使用，纽约州。电刑比吊死、枪决更"人性化"一些：被处死的男人（或女人）被绑在椅子上，腿上系上铜电极，头发剃光。执行死刑的人开始把电流开到五百到二千伏之间，持续三十秒。我们在这里谈的是心狠手辣的罪犯——杀人犯。心智和道德都不正常。如果囚犯没有死，再来一次。第二次，第三次，第四次。

有些人的心脏比其他人要强壮些。会出事故。冒烟，有时燃烧的身体会冒出蓝紫色的火焰，烧肉的味道。像吊死一样，眼球有时会蹦出来，挂在脸颊上。呕吐，小便失禁，大便失禁。皮肤变得红亮，起水疱，一直膨胀，像法兰克福腊肠那样胀得弯曲。通常，电流不够强，死亡不是"马上的"，而是慢慢的。囚犯是被折磨死的。我们知道，文明人不喜欢这种方式，但那些对社会真正构成威胁的人，必须被制止。如果不是这样，只是轻判坐牢几年、假释——他们会再次反击！

毒气室，一九二四年开始使用，内华达州。"人性化"，被普遍使用。被处死的男人（或女人）被绑在椅子上，椅子下面是一个瓶子，装满硫酸和蒸馏水，往瓶子里滴入氰化钠，释放出氢氰酸气体，大脑的供氧立刻被切断。囚犯经历极大的恐惧——如同被勒死。相信我，种族问题不是问题，那不过是烟幕，也许在美国，被执行死刑的黑人比白人多，也许从数据看，白人杀了黑人不像黑人杀了白人那样容易被判死刑，是的，州与州、县与县、市区与市区、郊区与郊区之间大不相同，起诉人有一些可能是种族主义者，但天呀，你不能指望刑事司法系统能纠正这些社会问题。像癫痫发作那样剧烈抽搐，眼睛鼓起，皮肤变紫，身体器官不会马上因中毒而窒息，但窒息造成死亡。"这有可能是最野蛮、最痛苦的死法"（医生语）。

注射处死，最新的死刑，由州来执行，人们热情地称之为"人性化"的死刑。发明于一九七七年，最先在俄克拉荷马州实行。被执行死刑的男人（或女人）被绑在医院用的推床上，通过导管进行静脉注射。最先注射的药物是硫喷妥钠，一种巴比妥酸盐；然后是一百毫克的巴夫龙，用以松弛肌肉；氯化钾，用来加速死亡。对那些野兽来说，这些科学的处死太过"仁慈"，我指的是那些肮脏的衣冠禽兽。为什么要让他们活着，为什么给他们吃喝，迎合他们，他们让别人遭罪，难道他们不该也遭遭罪吗？为什么不是"以血还血，以牙还牙"，告诉我为什么？为什么？注射处死成本低，对关注预算的立法机构有吸引力，赞成死刑的人们也喜欢它。这样的死被视为没有痛苦，如同睡着，这样社会也不会被视为是野蛮的、想折磨人的、睚眦必报的。

寻找"人性化"的死刑方法，不是为被处死的罪犯着想，而是为美国公民着想，如果哪个州因为执行死刑而遭受指责，他们不会因此感到内疚……

他说，坚持这样说，是的，他肯定读了她发表在《公民求真》上面的文章——或者是他的一个幕僚给他看了文章摘要。这使伊丽莎白·安·凯莱赫深感荣幸。

参议员好奇地问，你为什么要写这样一个话题。凯莉·凯莱赫停了一下，不想说是卡尔·斯贝德建议她写的，而回答说我对这个问题已经感兴趣很久了，你对它研究越多，就越感到厌恶。这也是真的。

虽然她和父亲吵了架。

"以血还血，以牙还牙"——为什么不呢？也许粗野，也许原始，不过它传达了一个信息，生命不是廉价的——为什么不呢？

当然，参议员公开宣布反对死刑。

当然，他勇敢地与家乡所在的州的许多人唱反调。在那里，法律依然明确有电刑，在那里，依然有被判死刑的人在等着执行的到来，上诉已经用完，在等死。

当然，他发表演讲，他很雄辩，和他的朋友马里奥·库奥莫一样充满政治热情。在文明社会里，死刑是不可接受的，因为出于任何目的去剥夺任何生命的行为都是令人厌恶的，它使社会倒退到杀人者的原始状态。最可怕的是，美国的刑事司法系统非常具有任意性，经常可能有无辜的男人（或女人）被判死刑……这种惩罚和任何其他惩罚不一样，是无可挽回的。

31

我准备好了吗？

她匆匆收拾东西，前天晚上她倒是仔细地打开它们，像举行仪式一般，格雷令岛的这个房间装饰有草莓花墙纸，床是朴素的白色蝉翼纱，它似乎成了一个圣地，她来了一次又一次，却丝毫没有印象。现在由于她自己的迫不及待，她将要从这里被驱逐。

他们计划七点钟偷偷离开芭菲家，去赶七点半开往布思贝港的渡船，可刚刚来了一整车的客人，参议员又喝了一轮酒，聊得正起劲，看来他们是赶不上那班渡船了，下一班是什么时候？——没关系，总会有下一班的。

别去期盼任何事，真的。顺其自然，那样就够了。

讲求实际的凯莉·凯莱赫严厉地批评自己。

不过，她的手仍在颤抖，呼吸在加快，在柜子上方那面白色柳条框的心形镜子里，那个姑娘一脸痴迷，容光焕发，充满期待。

她确确实实心驰神荡，就像沙丘上乱飞的风筝般自由自在，晃晃悠悠，想着他的确是和妻子分居了，他的婚姻的确已经结束了——他说，投票人不再那么清教，不再那么苛刻了。

要避免不得体，避免婚外情丑闻。

妈妈，和你知道的那个世界比，这个世界变了，我希望你能接受它。

我希望你不要管我!

她拿着一杯啤酒经过厨房,雷·安尼克在打电话,声音压低,生气的口吻,他说话一向非常注意用词,这会儿却不时蹦出可恶、妈的这样的粗口,凯莉大吃一惊,这个男人和那天面带微笑、和蔼可亲、对芭菲·圣约翰充满浪漫的关切的那个男人截然不同,和那个对凯莉·凯莱赫殷勤有加、很是关照的男人截然不同。她从离他几码远的地方走过,看到他的眼睛(浮肿,发光——他一个下午都在喝酒,那场网球挫伤了他的锐气)一直在盯着自己,就像猫以天生的捕食者的本能在盯着猎物的移动,不过,等她走过他的眼前,他不再看她,不再在乎她的存在。

"听着,我他妈的告诉过你——我们星期一再谈这个,见鬼!"

凯莉·凯莱赫摇摇晃晃地用一只脚站着,飞快地脱下白色氨纶泳衣,这是上周六在洛德&泰勒商店买的,夏季的促销价。

飞快地换上夏天的针织内衣,浅柠檬色条纹,肩膀处收得很高,露出她光滑、漂亮的肩膀,那里仍有麻刺的感觉,那是他吻过的地方。

凯莉·凯莱赫想，这真的发生了吗？

它还会发生的，还会。

你爱你的生活，因为它是你的。

风吹过高高的扫帚头灯芯草丛，那些灯芯草看上去真像人，金色头发，摇摇摆摆。在远远的地方。

风，从东边大西洋吹来的冷风。颤抖的海水像微暗的火焰起起伏伏，拍打海滩，捶击海滩。芭菲说，他们看到的沙丘最高的有七十英尺，它们的样子多古怪啊，北美油松将它们固定住，它们松松散散地遍布海岛，像海洋里的波浪，有自己的顶峰和沟谷。据估算，它们每年自西向东移动十到十五英尺，还跑到德里路上来了，不得不清除掉，它们还会穿过防雪栅栏，漫过海滩草地——"这里很漂亮，不过，你知道，"打了个抖，缩了缩身子，"——这和人的愿望毫无关系。"

她听到一阵急促的浪敲打这个房间倾斜的屋顶——在被子下面舒适、安全，外婆的钩织被子，周边是熊猫图案。

你爱你的生活，你准备好了。

她不想说是的，但她又想说是的。

是的，去搭渡船，去布思贝港。是布思贝万豪酒店。

布思贝之后呢，七月五号之后呢……？

凯莉·凯莱赫会让这个男人爱上她的，她知道怎么做。

这个想法让她吃惊，这个想法的热切让她吃惊。你准备好了。

她在车里调收音机的频道，听尖厉的合成音乐，只有组织，没有骨架。参议员五十五岁，对逝去这么久的青春时光还如此怀念，多么令人感动！

虽然她已经看到参议员一直在喝酒，但还是答应了。起先，他比较谨慎，只喝白葡萄酒、毕雷矿泉水、低热量啤酒，后来换成更烈的酒，他和雷·安尼克：聚会上的两位长者。

长者。是的，他们就是这样看待自己的，你看得出来。

今天是七月四日，一个没有什么意义的节日，可全美国或差不多全美国都在庆祝，鞭炮的红光，空中的烟火。

你知道这是怎么回事，是不是——国旗还在那里。

丰田车拐进没有铺路面的路，兴高采烈，极不耐烦，在沙地上打滑，但没有失控。参议员是个熟练的司机，非常享受驾驶，极不耐烦地驱使车子，急速飞奔，也许他们的目的就是迷路？

凯莉·凯莱赫在一口气喝下一两杯后，向参议员坦白说，她在布朗大学的荣誉生毕业论文写的是他。参议员听了没有生气，没有尴尬或厌倦，而是愉快地笑了。

"真的吗？哦——我希望这值得你写！"

"当然值得啦。"

他们聊着，聊得很起劲，其他人听着，凯莉·凯莱赫和参议员，像俗话说的那样，对上眼了。凯莉听到自己告诉参议员，他的哪些观点最让她兴奋：他提议成立街区联络办公室，特别是在贫穷的城区，这样公民可以更直接地与他们选出来的官员交流；还有他提议成立日托中心、免费的医疗机构、矫正教育项目；他支持发展艺术，尤其建立社区剧院。凯莉·凯莱赫话语激昂，一副心醉神迷的样子，不像是在对一个人说话，而是在对很多听众说话。参议员激动地听着。难道他认为自己的那些话这么有水平，这么有道理，这么有说服力？——音调如此美妙、抒情、富有灵感？凯莉无礼地想起卡尔·斯贝德经常引用杳尔斯·戴高乐一句愤世嫉俗的话：因为政客从不相信自己说的话，一旦别人相信了，他会大吃一惊。

凯莉有点儿难为情，突然插了句："参议员，对不起——这些想法您一定听过千万遍了。"

参议员亲切地、又很严肃地说："是的，凯莉，也许吧——但从没听你说过。"

不远处的邻居家，鞭炮炸响，圣约翰家闪亮的美国国旗在迎风飘扬。

黑色的水灌满了她的肺，她死了。

不：现在盛宴刚开始，风吹来烤肉的香味，雷·安尼克戴着滑稽的厨师帽,系着围裙,喝得摇摇晃晃,却出奇地能干:一块块腌泡的金枪鱼,涂了美墨酱汁的鸡肉片,红色的碎牛肉小馅饼,和薄烤饼一般大小。玉米穗轴上的玉米,一桶桶土豆沙拉、凉拌卷心菜、豆子沙拉、咖喱饭,一夸脱一夸脱的哈根达斯冰激凌,用汤匙传来递去。他们胃口真好,尤其是小伙子们!参议员也在狼吞虎咽,不过还是很讲究,差不多每吃一口就用纸巾擦一下嘴。

凯莉虽然很饿,但她头发晕脚打飘,很难咽得下东西。她举起叉子凑近嘴边,又放下来。虽然在芭菲的客人中有很多人想和参议员说话,但他的注意力只放在凯莉·凯莱赫身上。这像是最不可能的童话故事,这个男人一时兴起,跑到格雷令岛,就是为了来看她。

凯莉·凯莱赫高兴得双颊发烫。她想到,卡尔·斯贝德要是听说这次见面,肯定会非常钦佩,是的,还会嫉妒不已。

隔壁家鞭炮炸响,参议员缩了一下身子。

凯莉想,他是害怕被枪打中——暗杀。

真新鲜,为了成为如此有名的公众人物,你得害怕被暗杀!

参议员说:"我想我是真的不喜欢七月四日,我小时候把它看作是夏天的转折点——夏天过了一半,准备进入秋天了。"他神情有些茫然，语气有些伤感。他擦擦嘴，纸巾上有番茄酱，像是口红印。

凯莉说："您假期里肯定有很多公务要处理，是吧？——大多数时候是这样的吧？演讲，领奖——"

参议员无所谓地耸耸肩："经常听到你自己说话，这样的生活是孤独的。"

"孤独！"凯莉笑了。

不过参议员说得很快，像是在向她倾诉，不希望被打断："有时我很生气，这是内心深处的事情——你变得讨厌听到自己的声音，不是因为这声音不真实，而是因为它真实，因为你说了那么多次，你的'原则'，你的'理想'——这个世界根本没有因为它们而改变一丁点儿。"他停下来，大喝一口酒，下巴收紧，他的确在生气。"你因为自己是一个公认的'名人'而恨自己，就因为其他人崇拜你。"

这话也让凯莉·凯莱赫很是受宠若惊，参议员说这种话，谴责其他人，听上去已经把凯莉·凯莱赫排除在外了。

他和妻子分居，他的孩子已经成人——至少和她差不多大。会有什么问题呢？

她在向父母解释，他们是吻了一下，就一次，能有什么问题呢？

G先生曾传染生殖系统疾病给她，不过不是严重的传染，不是什么说不出口的传染，用了抗生素，几个月前就治好了，会有什么问题呢？

那天早上，她在混了碳酸气泡腾片的椒薄荷的丰富泡沫里痛快地洗了个澡。"活性浴。"芭菲坚持要她试试。

她们开车进城，去海岛西边的格雷令港为聚会采购。海港酒庄、鱼市、蒂娜·玛丽亚美食馆、面包店。面包店前面停着一辆崭新的福特牌吉普车，车尾保险杆贴着"钱财生不带来死不带走"的字样。

她们进了一家又一家商店，大包小包全是价钱贵的东西，芭菲有些心不在焉，对凯莉说："你知道——从元月一号开始，我就不知道有谁死于艾滋病，我才意识到。"

在开车返回别墅的路上，芭菲不经意地提到雷·安尼克邀请了参议员来参加聚会，但这不是雷第一次邀请他——"我真不指望，真的。"

"这里？邀请他来这里？"凯莉问道。

"是的，他要是露面的话，我就去死。"

为了好好享受碳酸气泡泡浴，芭菲怂恿凯莉买了一张新的心灵音乐CD，曲名叫《海豚梦想》。音乐是海豚音加上合唱，曲调舒缓，有助于缓解压力，不过凯莉一直没有听过。

他们错过了晚上七点三十分的渡船，不过不会错过八点二十分的。参议员似乎生气了，不耐烦了，盯着手表，那是数字表，数字一闪一闪的，像在抽筋。在聚会的最后那个把小时里，参议员的情绪变了，说话不像先前那么连贯，应答不再那么流畅。他看凯莉·凯莱赫的眼神对她来说还是熟悉的，但又说不清楚——男人占有的目光，又有些焦虑、生气。

他们离开时，参议员问凯莉要不要带一杯酒在路上喝，凯莉说不用了，参议员说，那她能不能帮他带上一杯？——除了他自己那杯，他手上拿着的那杯？凯莉起先以为他开玩笑，但他不是，他手上有一杯刚配好的伏特加汤力酒，他想要凯莉再拿一杯，凯莉犹豫了，但只是一会儿。

芭菲在车道上赶上凯莉，捏了捏她的手，在耳边低声道："亲爱的，打电话给我！明天什么时候都行。"

也就是说，电话没打成。芭菲站在车道上，看着他们离去，她举起手，无精打采地挥手道别。

32

事情还没有发生。她看到自己穿着白棉翻口小短袜，不服气地在扎脚的地毯上奔跑，脚趾抽搐、蠕动，一个高大的人突然从后面抓住她，紧紧托住腋下，把她平稳地举起来，这是谁！这是谁！天使小蜜蜂伊丽莎白！

就是这样，她就是这么来的，她已经这样来了。

她明白这一点，不会有错，不过，她同时又向越聚越多的人们解释——这些人都是老人家，透过挡风玻璃，样子不是很清楚——她说他不像他们想的那样把她抛弃了，他是去找人来救她了，这个人的名字她想不起来，也记不清他长什么样，不过只要看到他，她肯定会认出来的。他去找人帮忙叫救护车，他就是去那里了，他没有把她扔在这黑水里，让她死去。

他没有踢她，他没有从她这里逃走，他没有忘记她。

指甲是怪异的粉红色，现在开裂了，断了，但她会战斗的。

鼻孔冒出血丝，眼睛往后翻，但她会战斗的。

……没有抛弃她，用力踢蹬，拼命从沉没的车里逃出去，游到岸边，筋疲力尽地躺在那里，吐出肮脏的水，再没有什么力量能诱使他回到这样的水里，最后（过了多久，他说不上来：半个小时？一个小时？）他爬起来，一瘸一拐地逃命，一只脚穿鞋，一只脚光着，模样十分难看。如果他不想出办法，他的政敌会拿他这副狼狈样大做文章。他沿着沼泽地那条路一瘸一拐、跌跌撞撞地往回走,害怕被过往的车子发现,他朝两英里外的大路走去,情不自禁地发抖,万分恐慌,直喘大气,怎么办!怎么办!上帝告诉我该怎么办!夜虫发疯般地尖叫,密密麻麻的蚊子围着他的脑袋转圈,嗡嗡直叫,叮他细嫩、浮肿的皮肤,叮他磕伤的额头,鼻子这么用力地撞到方向盘上,肯定断了。在大路边,他像狗一样蹲着,喘气,躲在高高的灌木丛里,等着路上没有车子,好一瘸一拐穿过马路,到帕斯特酒馆停车场的露天电话亭打电话。深深的恐惧令他嘴干唇麻,噩梦般的恐惧,难以言喻,难以置信,简直无法理解,所以只能逃跑,参议员逃跑,一只脚穿鞋,一只脚光着,衣衫凌乱,像个酒鬼,要是有人看到他、认出他、拍他的照怎么办?要是长久以来一直关照他的上帝突然不再关照他了怎么办?要是这样的耻辱就是他人生的尽头怎么办?一瘸一拐,气喘吁吁,浑身是黑乎乎的脏泥,如果这就是他人生的尽头怎么办?要是他没有获得拯救,他的敌人和崇拜者都变得情绪激昂怎么办?如果从来没有得到过本党的提名,如果永远不能当选美国总统会怎么样?如果在敌人的羞辱和嘲笑中身败名裂怎么办?政治的本质如亚当斯说过的,是有条不紊地煽动仇恨的组织:你要么被煽动,要么不会:这令他恐慌万分,沮丧,极端的沮丧,像酒鬼一样晃晃悠悠跑过马路,虽然没有完全清醒,但他发誓,如果上帝在他这恐慌的关头关照他，如果您愿意开开恩，那他肯定在此后的余生中永远保持清醒，好好生活。肚子突然一阵剧痛，他皱起眉头，弯腰蹲下，不远处的公园里，闪亮的烟火"嗖"地射向夜空，快乐地爆炸，耀眼的轮转焰火四下飞散，红的、白的、蓝的，烟火拖曳着尾巴，一阵孩子气的欢呼声，哇哇哇！啊啊啊！一条狗突然歇斯底里地狂吠起来，一个年轻小伙生气地大吼一声"闭嘴！"原来这不是枪声，只是一阵无关紧要的嘈杂声。他僵硬的手里捏着一枚硬币，就像抓住一个有魔力的护身符。钱包好好地待在口袋里，里面的钱并没有受损，实际上几乎都没有被浸湿，他可以平静地请话务员接通德里路圣约翰家的电话，幸好他还记得名字，电话响到第八声，一个女人接电话，在电话里听得到聚会的喧嚣，她不得不请他再说一遍，他想找谁？——告诉她，这个陌生人成了他的生命线，就像落水者抓到的一根救命稻草。他蒙住脑袋，把声音压低、放浑，尽量不暴露口音，请找雷·安尼克，是杰拉德·弗格森找雷·安尼克。女人走了，喧嚣声越来越大，终于雷拿起电话，声音急躁、担忧："喂？杰里？什么事？"他知道肯定有麻烦事，因为弗格森不是朋友，而是法律事务上的合伙人，平时无事不登三宝殿，找他必有麻烦事。参议员恢复自己的声音，结巴、绝望："雷，不是弗格森，是我。"雷愣住了："你？"参议员说："是我，我碰上大麻烦了，出了事故。"雷似乎要摔跤，伸出手来撑住自己，问："什么？什么事故？"参议员提高声调说："我他妈的不知道该怎么办，那个女孩——她死了。"他把已经擦伤的脑袋撞到电话亭脏兮兮的树脂玻璃墙上，引来一阵震惊的沉默，然后，雷说："死了——！"不像感叹，更像是倒吸一口凉气，然后他急忙说："别在电话里跟我说！告诉我你在哪里，我去接你。"参议员抽泣着，气恼、怀疑、委屈："那女孩喝醉了，发酒疯，抢方向盘，车子拐出路边，他们会说我杀人了，他们会抓我的——"雷生气地打断他，用权威的口吻说："别说了！住嘴！天，就说你在哪里，我去接你。"于是参议员说了。

他手表上的数字还在闪动，晚上九点五十五分。

对于这一切，凯莉·凯莱赫毫不知情，也不可能知情，因为对她来说，事故还没有发生——闪亮的黑色丰田车正从大路拐进有车辙印的荒废道路，头顶上是浪漫的明月，收音机里歌声低沉奔放，是的，她知道这错了，很可能错了，是的，他们很可能迷路了……不过迷路就是他们的目的。

黑色的水灌满了她的肺，她死了。

不：在可能获救的最后一刻，她呛着水，咳嗽着，努力把身子抬高，把头抬高，左手手指抓住什么，这么用力，胳膊上的肌肉直鼓出来。她不再清楚这是不是方向盘，但知道这个东西会救她的命，因为那里有气泡浮动，气泡变小，不过还在那里，她没事，用力抱住吃惊的芭菲·圣约翰，用力，发誓爱她如爱亲姐妹一样，为自己这两三年不和她说心里话而感到抱歉，告诉她这只是一次事故，不怪任何人。

不过，是不是已经发生了……？飞驰的车子在路上打滑，那条路边似乎没有房子，没有车子，只有绵延几十英里的沼泽地，到处是又长又尖的棕色灯芯草，高高的野草东摇西晃，矮小的松树，这么多奇形怪状、没有生命的树木——树干——交配中的昆虫叫声刺耳，像是一下一下在敲击什么，它们似乎意识到时间在加速流逝，意识到月亮很快会从天上头朝下摔下去，凯莉不经意地看到（因为她和参议员在谈话）路边一条浅沟里有一张坏了的小餐桌、一个英式赛车的前轮、一个肉色洋娃娃光光的身子没有脑袋……她转移目光，不想看洋娃娃脑袋被拧掉后肩膀上那个空洞，模样古怪，像被毁伤的阴道。

你是美国姑娘，你热爱你的生活。

你热爱你的生活，你相信是自己选择了它。

她被淹死，不，她不会被淹死的，她意志坚强，她要奋力一搏。

在挡风玻璃的另一边，他焦虑的脸再次浮现，她都以为他已经把自己抛弃了，他潜下来救她，用力拉车门，车子直晃，他真高，他晒成铜色的皮肤多么温暖，他比凯莉见过的任何男人都高，他齿间充满白白大大的笑容，他胳臂上布着金属丝般的卷毛，他胳臂结实，肌肉突出——他提到过，因为打壁球，几十年坚持打壁球，他的右手腕比左手腕要粗些，她摸过他手腕上那只昂贵的白金数字表，发现它戴得很紧，表带嵌入皮肉。他似乎对这款做工精致的劳力士表感到困惑。他说未来人们对时间会有新的观念，他们看到数字一闪一闪的，朝着与过去相反的方向闪烁、飞跑，你看着表面，看到时间的圆形路线，那是可测量的步伐，似乎只是向前。

他强壮的手指紧紧捏住她的手指，是凯莉吗？——凯莉？

那天早上，她在海滩上的沙丘间慢跑，风吹拂她的头发，太阳亮得耀眼，海浪荡起泡沫，矶鹞在啄食，它有着带斑点的前胸、细长的喙，纤细的腿在湿湿的沙滩上步履蹒跚，她朝它们笑，它们古怪地急跑，它们专心到心无旁骛，她感到心在膨胀，我想活着，我想永远活着！

她在讨价还价，是的好吧她可以牺牲右腿，如果需要的话甚至可以舍掉两条腿，急救小队，是的锯掉，好吧请动手吧，现在就动手，她过后会签字的，她答应不打官司。

可阿蒂·凯莱赫会的！——因为这就是他的个性，正如家人开玩笑说他是"好斗的",不过凯莉会说清当时的情况,凯莉会承担责任的。

她在大口大口地吞下黑色的水,心想,如果快快吞下,那就是在喝水了,她会没事的。

那是什么?——是给她的吗?——吃惊地眨眼,兴高采烈地盯着外婆给自己缝衣服,一件白色绉棉衣服,印着小小的草莓,她会配上闪亮的黑色光面仿革新鞋和白棉翻口粉边小短袜。

你热爱所经历过的生活,因为它是你的,因为这就是你到来的方式。

她看到他们在盯着她看,她不得不藏起眼泪,不想他们伤心,不想他们知道。

外婆,妈妈,爸爸——我爱你们。

不过他们这么年轻,她感到奇怪,不是很愉快。她记不起来他们有这么年轻过。

这非常冒险这很可能是她年轻生命的一次冒险是的很可能是一个错误不过她还是用力踮起光光的脚趾向前接受这一吻似乎这是她应得的,因为她就是那个人,是她而不是别人,她挤掉所有其他人,其他的年轻姑娘,她们有可能得到他的吻,得到她忘了名字的那个男人,得到那样的吻。

她没有坠入爱河,不过,她会爱上他的,如果能因此得救的话。

她从没爱过任何男人，她是一个好姑娘，不过，她会爱上他的如果能因此得救的话。

黑色的水躲不开，扑腾着跑进她的嘴里、她的鼻孔里，跑进她的肺里，她的心脏胡乱地急跳，努力把氧气供给意识逐渐模糊的大脑，她清楚地看到锯齿形的细针像石笋一样升起——这是什么意思？她想到自己品尝了多少吻，啤酒味的？红酒味的？威士忌酒味的？香烟的？大麻味的？她悲哀地笑了。

你热爱你经历过的生活，没有其他的生活。

你热爱你经历过的生活，你是美国姑娘，你相信是自己选择了它。

不过：他正在潜入黑色的水中，潜到车旁，在开裂的挡风玻璃上张开五指，头发如触角一般飘荡，凯莉？——凯莉？——她看到他不做声、吃惊的样子，她在这个地方待了多久、多少分钟多少小时过去了她不知道因为在这个黑暗的角落里扭曲的金属像钳子一样紧紧困住她时间不会向前移动。不过她看到他了！——他在那里！——终于突然出现在她头顶上游下来拉开门，就是那扇困住她的门，她的心因为高兴和感激而跳得飞快快得差点儿要蹦出来她的双眼太过用力差点儿要从眼眶里掉出来她向他举得双臂，要把自己给他好让他强壮的手指够得着她的手腕最终把她拉出黑色的水！终于！一起猛地上升如此轻松一下升到水面上她挣脱他的手像个不服气的孩子迫不及待地要自己游起来她大松一口气自由自在地踢脚划水发麻的双腿像是做了一场噩梦现在恢复了知觉她有力地有节奏地划水澳大利亚式的自由泳那是她在学校学的终于她胜利地朝头顶上的空气游去！终于！她膨胀的眼睛看到美丽的夜空重新属于她似乎它从来没离开过月亮大得刺眼她想如果我看见它，那我就还活着这个简单的想法使她心中充满平静的快乐还看到妈妈和爸爸在高高的草丛中等候虽然她有些不解现在他们不再年轻而变老了，比她知道的老，他们伤心得面容憔悴恐惧地瞪着似乎他们从没见过她，凯莉，小伊丽莎白，似乎他们没有认出她在那里奔跑穿着白棉翻口小短袜充满期待充满兴奋尖叫举起手要人高高举起在空中踢脚这时黑色的水灌满她的肺，她死了。

鸣　谢

　　第三十章的数据来自利·L.比能、内尔·阿兰·韦纳、黛博拉·W.德诺、保罗·D.艾里森和道格拉斯·莱恩·米尔斯的文章《新泽西州重新启用死刑：谨慎起诉的作用》，发表于《罗格斯法律评论》一九八八年秋季刊；和雅各布·魏斯伯格的文章《这是你的死亡》，发表于《新共和》，一九九一年七月一日。

　　第三十二章的引文"政治是……有条不紊地煽动仇恨的组织"引自亨利·亚当斯的《亨利·亚当斯的教育》。

译后记

临近二〇一三年诺贝尔文学奖评审结果出炉，美国当代大师级作家乔伊斯·卡罗尔·欧茨的赔率曾高居第二位，此前她曾数次获得提名。虽然欧茨最终再次与诺贝尔奖失之交臂，但其文学地位也因此再次得到印证。

八月，《羊城晚报》采访我，问及对欧茨创作的看法。我的博士论文研究的是欧茨，但因种种原因，毕业后已有很长一段时间没有继续下去，所谈全凭印象，然所谈也证明这印象之深。我认为欧茨的作品在四个方面令人印象深刻。一是高产。她几乎每年出版一部长篇小说，这还没算上没发表的草稿、短篇小说、文论、诗歌等。令人惊叹的是，她同时还是普林斯顿大学等多所高校的全职教授，教学优秀。二是她的小说故事性强，明白易懂。三是心理现实主义。四是暴力主题。后三点在她的两部优秀中长篇小说《黑水》（1992）和《僵尸》（1995）中都有体现。《黑水》获一九九二年美国国家书评人奖提名，入围一九九三年普利策奖决赛名单,《时代周刊》把《黑水》列为欧茨最优秀的作品。《僵尸》则斩获两个有分量的奖项:《波士顿书评》的费思克小说奖和著名的布拉姆·斯托克长篇小说优秀成就奖。

两部小说的情节都不复杂,一个动人心魄,一个扣人心弦。《黑水》以垂死的女主人公凯莉·凯莱赫生命中最后几个小时的心理活动为主线。凯莉是大学优秀毕业生,现供职于波士顿一家杂志社。男主角没有名字,只叫"参议员",是美国一著名政治家,颇有声望,年过五十仍充满魅力。两人在七月四日国庆节邂逅于格雷令岛凯莉好友举办的酒会。"参议员"对凯莉独有兴趣,逐渐亲近她,心怀美国梦的凯莉认为这是天赐机缘,两人相谈甚欢,相见恨晚。酒后"参议员"带凯莉驱车前往码头赶渡船,途中车子因超速跌入河中,"参议员"利用凯莉的身体作支撑,成功逃生,凯莉则不幸溺死。《僵尸》只有一个主角"我",叫昆丁,三十来岁,是个缓刑犯,在自家开办的留学生公寓里做楼房管理员。在一次遭受群殴之后出现的"头脑风暴"中,他从同性恋变成了自大狂,决定制造"僵尸"来做自己的性奴隶。从此,他过上典型的双面生活:表面彬彬有礼,忠于职守,严守交规,其实不时地开车出去游荡,将流浪汉、黑人或亚裔人引诱到自己屋里,实施所谓的"前额脑叶质切除"手术。他没有一次成功，但也没有暴露，直到故事结尾，他依然对自己信心满满，在姐姐的同学聚会上继续物色下一个目标。

欧茨的暴力小说一向关注现实，例如，她获一九七〇年美国国家图书奖的《他们》(1968)以一九六〇年底特律的种族对立和动荡为背景；被提名普利策奖的《金发女郎》(2000)讲述的是玛丽莲·梦露的故事；《大瀑布》(2004)将"爱的运河"污染诉讼案纳入情节架构之中。《黑水》和《僵尸》同样从史实而来。《黑水》取材于一九六九年轰动美国的"肯尼迪-查帕奎迪克丑闻"。那一年，爱德华·肯尼迪当选为参议院民主党副领袖。七月十八日，他到马萨诸塞州查帕奎迪克镇参加集会，晚上驾车带着年轻的姑娘玛丽·乔·科佩奇尼同行，途中车子掉入河中，爱德华游到岸上，成功逃生，而科佩奇尼却死于车里。爱德华因此被判两个月监禁，缓期执行。尽管爱德华此后被迫退出总统竞选，但公众仍认为他因家族权势而逃脱了应受到的法律制裁。《僵尸》这个连环杀手的故事源于美国国内一个真实的案件。一九七八到一九九一年间，被称为"密尔沃基食人者"的杰弗里·达尔默在威斯康星和俄亥俄强奸、谋杀并肢解了十七个成年男性和青少年男性。更为可怕的是，他还保存受害者的部分器官以作纪念。达尔默最终被判处十六次终身监禁。一九九四年，这个臭名昭著的连环杀手和性侵者在狱中被另一个囚犯打死。

两部小说源于现实，高于现实，堪称欧茨心理现实主义的典范。欧茨的心理现实主义受到亨利·詹姆斯和威廉·福克纳的综合影响，具有詹姆斯早期作品的可读性意识流的特点，又融合了福克纳的内心独白、暴力、悬念等手法。她的小说故事性强，引人入胜，又常深入人物内心世界，里外结合，以复杂但脉络清楚的心理活动折射纷繁复杂的时代脉动。两部小说都采用第一人称视角。《黑水》用的是倒叙手法，开篇短促：车子冲入河中，凯莉闪出一个念头："难道我要死了吗？——就这样？"这一强烈的悬念贯穿始终，在快速闪过的回忆中形成生与死的节奏感：身体的痛苦、死亡的威胁、生活的回顾相互交错。随着凯莉陷入意识迷蒙之中，标点符号减少，语句无间断串连渐多，以表现她呼吸困难，思路混乱。读者也不由自主地呼吸加速，心跳加快，产生强烈的共鸣。

欧茨曾说："我是美国经验的记录者。"可以说，在很大程度上，这种经验便是关于暴力的经验。在欧茨的小说中，几乎无所不在的暴力却是多种多样的，《僵尸》是硬暴力，杀人见血，甚至鲜血淋漓；《黑水》则是软暴力，即心理暴力，杀人不见血。

凯莉这个有才、有貌、有梦想的典型的"美国女孩"从小到大都生活在看不见的暴力的阴影中。小时候，家里长辈时常对她讲："你知道你是某个人的小姑娘。"父亲不许她动车里的仪表盘，饭桌上耳背的伯父责备她说话大声，男友做爱时弄得她痛苦不堪，然后又抛弃她。虽然她曾勇敢地追求自我，在一九八八年的总统竞选中选择支持民主党候选人杜卡基斯，和父亲唱对台戏。杜卡基斯失败，她痛苦万分，失魂落魄，最后只能呼唤母亲把流浪街头的自己领回家。这意味着在男性强权面前，女性始终无法实现精神上的独立，这也是凯莉的年龄和"参议员"的孩子一般大的深层含义之一。她坐在"参议员"租来的丰田车里，空调嘈杂，歌曲不好听，"参议员"开车时还要喝酒，而且可能走错了道，这些她都不敢说出来。她认为这是"参议员"的车，他是司机，决定着两人行走的方向，而她只是乘客，只能跟之随之。对"参议员"的一点儿不高兴，她都感到不安，生怕惹他不快。甚至当车子沉入黑色的河水中，"参议员"踩着她的身体逃出车外，她也叫不出他的名字；她步步走向死亡，仍一味幻想他会来救她，就在这时她也叫不出"参议员"的名字。名字是身份的载体，如果只能用尊称，而不能直呼其名，等级高下立等分明。凯莉是一位知识女性，大学优秀毕业生，对从政一向有兴趣、有向往，但她希望倚仗男性权贵对自己的青睐和性关系来实现自己的"美国梦"，最终只能落得个梦未成、身先死的悲剧结局。由此,《黑水》是对美国当代社会权势、性与梦想的一次生动图解。

《僵尸》与欧茨三十年前发表的另一部犯罪小说《蛛猴的胜利》(1976)形成有意思、有意义的对比。两部作品篇幅都不长,都是连环杀手的故事,都是第一人称叙事。不同之处在于,"蛛猴"戈蒂森是个弃儿,没有家庭没有亲情,昆丁虽然只是个普通的楼房管理员,但他出生在美国中上层家庭里,如果需要,他从不缺少家庭关爱。戈蒂森辗转成长于数个收养他的家庭中,受到虐待,昆丁是家中最小的孩子,唯一的儿子,家人对他宠爱有加。戈蒂森是性侵的受害者,昆丁则是性侵的施害者,两人都因此成了杀人犯,但戈蒂森杀人是出于报复社会,行为盲目,昆丁则精心筹划每一次行动。戈蒂森无钱无权无势,一直生活在社会底层,殴打和监狱与之相伴,而昆丁因为父亲的名望和家里有钱,从小到大,屡次作恶,无不逃脱。相比之下,昆丁这类"有退路"的杀手对社会危害更大。

相比《蛛猴的胜利》,我个人更喜欢《僵尸》。在社会暴露方面,《蛛猴的胜利》似乎过于赤裸;在暴力描写方面,它又稍嫌生硬。相比之下,《僵尸》虽然也有令人惊心的场面,但基调要偏向婉和,对于社会黑暗面,暗讽多于明批,艺术性要高出一筹。从家庭到社会,《僵尸》的暗讽是多重的,围绕的是"权力"二字。权力的代表有两类，一是父亲，二是执法者。昆丁的父亲虽是知名教授，却是个失败的父亲，更可悲的是，他教子无能而不自知。他最大的特点是色厉内荏，昆丁小时候偷看男性成人杂志被他发现，他勃然大怒，却不会耐心教育，只是担心妻子发现此事，便和儿子在车库后面偷偷烧掉杂志。就这样，他从一个教育者、一个严父一下成了一个同谋者。如果说烧掉成人杂志只是他试图制止儿子犯错的一出拙招，那么在昆丁长大后的犯罪中，他同样在不知不觉中再次成为同谋。有一次昆丁杀人后，把尸体藏在床头的一个大铁箱里，尸体发出臭味，父亲不期而至，严词诘问，昆丁则闪烁其词，父子俩玩起猫鼠游戏，最后昆丁成功地转移父亲的注意力，一番盘查无果而终。

与父亲在家庭里这种自以为是、不着边际的管教相呼应的是执法者对所谓"社会渣滓"只看表面、不求实质的管教。欧茨在作品中对警察的蛮横多有批评，《他们》的警察强奸女报警人，在女杀手故事《斯塔尔·布赖特很快和你在一起》（1999）中，警察强迫妓女口交，在《美国胃口》（1989）中，警察强闯民宅。在《僵尸》里，警察被批"习惯于肆意欺侮公民"，不过，虽然警察在搜查昆丁的管理员房时"翻得一团糟"，但在《僵尸》里他们不再是主要批评对象。欧茨盯上的是律师、缓刑官和心理治疗师。律师一心只想如何玩转打官司这个游戏，在他们眼里，客户的利益要高于司法的公正；缓刑官敷衍了事，察看昆丁这个缓刑犯的住宅时走马观花，对昆丁屋里表面的整洁大加赞赏，对那些存放受害人身体器官和遗物的瓶瓶罐罐却视而不见；心理治疗师是个博士，不但在工作中"有时也犯困，像乌龟一样眼皮重重的"，而且不时地被所谓的"病人"玩弄于股掌之间。

《僵尸》是一个自大狂杀人犯的自叙。从美国文学史看，这种罪犯的"疯子"叙事暗合了爱伦·坡一些小说恐怖加犯罪的特点。但欧茨笔下的杀人犯没有什么浪漫情怀，故事背景也不是荒郊野外或幽深的地窖，她的笔触是不折不扣的现实主义，着落于美国的当代城市生活，着落于日常家居生活，人物也不是贵族后代或酗酒汉子或失控于莫名冲动的精神病人。在她笔下，这些罪犯生活在人群中，戴着迷惑人的双重面具，谋其面而难知其心。欧茨对人物极少直接评论，只是白描，快速推进情节，留给读者许多思考的空间。思考之一是，昆丁一再强调他是白人，他性侵的对象是黑人（除了最后一个受害者沃尔德伦）和其他有色人种（如老挝人），这似乎把对一个人的自大狂的批判上升到对美国长期无法解决的种族问题的一种观照。

当年在攻读学位时认识欧茨，喜欢欧茨，以翻译为副业也将近二十年，这次能翻译自己喜欢的作家的作品，很是欣慰，为此，衷心感谢恩师王守仁教授在学术道路上对我的谆谆教诲和耐心引导；感谢南京大学刘海平教授、朱刚教授和杨金才教授，他们学识渊博，治学严谨，为人谦和，令我受益匪浅；感谢上海九久公司和未曾谋面但已是好友的吴文娟编辑给予我这个进一步了解欧茨的难得机会。

刘玉红

二〇一四年四月十五日于漓江之畔